OS INDECENTES

Stella Florence

OS INDECENTES
Crônicas sobre amor e sexo

Copyright © 2011 by Stella Florence

Direitos para a língua portuguesa reservados
com exclusividade para o Brasil à
EDITORA ROCCO LTDA.
Av. Presidente Wilson, 231 – 8º andar
20030-021 – Rio de Janeiro – RJ
Tel.: (21) 3525-2000 – Fax: (21) 3525-2001
rocco@rocco.com.br
www.rocco.com.br

Printed in Brazil/Impresso no Brasil

preparação de originais
DANIELLE VIDIGAL

CIP-Brasil. Catalogação na fonte.
Sindicato Nacional dos Editores de Livros, RJ.

F653i	Florence, Stella, 1967-
	    Os indecentes: crônicas sobre amor
	e sexo/Stella Florence. – Rio de Janeiro:
	Rocco, 2011.
	    14x21cm

	ISBN 978-85-325-2651-9
	1. Crônica brasileira. I. Título.
11-1553	CDD–869.98 CDU–821.134.3(81)-8

*Para Afonso Borges,
Mario Prata e Vivian Wyler,
por tudo.*

Indecência, exagero, drama e fúria

Escrever, sobretudo para a internet, é ficar exposto à visitação pública como um frango assado rodando em torno de si mesmo. Agrade ou não, eis a realidade. E é desse modo que eu, há mais de dez anos, escrevo semanalmente para sites e portais.

Cronos, o deus do tempo, ao servir de inspiração para este gênero literário, o condenou a ser tão durável quanto uma bolha de sabão. Algumas crônicas, porém, são desobedientes e fogem dessa sina (algumas até se transformaram em capítulos de romances meus). Espera-se também que uma crônica, digamos, clássica, apenas narre algo curioso. Esse conceito se ampliou há muito: cronistas, mais do que contar algo, se comprometem com esta ou aquela opinião sem disfarces ou limites. Há quem diga, por essa e outras razões, que eu não escrevo crônicas, mas artigos. A mim isso pouco importa, desde que é apenas dessa maneira impertinente que sei escrever.

Portanto, aqui estão reunidos, meus textos fujões mais indecentes, exagerados, dramáticos, furiosos (adjetivos que me acompanham como uma sina). Indecente, em especial, era a palavra mais usada por mamãe para definir meu trabalho (embora isso nunca a tivesse impedido de me incentivar): talvez eu deva assumir de vez tal característica. Até porque, se eu fosse um cordeirinho zen e pudico, esse livro não teria a menor graça – nem a menor força.

♥ O que um homem faz na cama com você, ele também fará fora dela

O que um homem faz na cama com você, ele fará também fora dela.

Se ele insiste em pedir a você uma segunda mulher na cama, ele já tem (ou em breve terá) uma segunda mulher fora dela.

Se ele não deixa você mudar de posição quando você quer gozar, ele cortará suas possibilidades de gozo na vida.

Se ele te chama de cadela, vadia, vagabunda e puta na cama, é essa raiva muito mal disfarçada que ele sentirá por você na vida (e os seguidores de titio Freud que se virem para saber se essa raiva abissal vem da mãe, da ex, de uma sexualidade mal resolvida, da mosca que pousou na sopa dele ou de tudo isso junto).

Se ele sente prazer em te machucar na cama, ele procurará maneiras de te machucar na vida.

Se ele toma banho imediatamente após transar com você, ele irá se livrar de qualquer vestígio seu fora da cama.

Se ele reage mal quando você o acorda de madrugada para transar, ele reagirá mal quando você, frágil, o acordar de madrugada por conta de um pesadelo (e, embora nada impedisse que depois de um consolo viesse outro e tudo se misturasse novamente, como deve ser, isso não acontecerá com esse tipo de homem).

Se ele não fala bobagens e ri dessas mesmas bobagens enquanto se esfrega em você noite adentro, ele será rígido, sem humor e sem entrega na vida também.

Se ele insiste para que você goze apenas porque isso lhe conferirá o status de macho provedor de orgasmos, ele te dará aparente companheirismo na vida apenas para que o seu cartão de visita social não seja arranhado.

Se ele só vê os desejos dele na cama, só verá os desejos dele na vida.

Se ele é inseguro e pede licença para enfiar a mão entre suas pernas – já sendo seu homem –, ele será um poço de insegurança em tudo o mais.

Se ele tenta te convencer a tirar a camisinha sem te oferecer fidelidade e exames de sangue, ele tentará fazer com que todas as suas proteções na vida caiam a fim de que você fique em risco.

Se ele não te beija na boca durante o sexo, não vai te beijar no elevador, muito menos no meio do estacionamento vazio e menos ainda sob a chuva (ou na fazenda, ou numa casinha de sapê etc. etc. etc.).

Se ele duvida do seu gozo, irá duvidar de tudo o mais sobre você.

Se ele vive te comparando a outras mulheres, outras que faziam gostoso todas as aberrações que você se recusa a fazer, se ele traz o espectro dessas outras para a sua cama, ele irá seguir te humilhando vida afora sempre que tiver uma oportunidade.

Eu citei apenas alguns dos cenários torpes que mulheres (e homens) encontram nesta Babilônia romântica em que vivemos. É claro que existem os bons cenários e até mesmo os maravilhosos. Porém, contra esses, não há necessidade de se prevenir.

♥ Loucura de estimação

O celular toca, você sorri: é ele, de novo. Ele quem? Seu namorado? Não: é um lânguido vampiro que você mantém bem alimentado, é a sua Loucura de Estimação.

 Loucura de Estimação é um homem por quem você arrasta um bonde, dois caminhões e três transatlânticos sem o menor esforço. Ele é seu amigo, mas não exatamente isso. Existe uma atmosfera lúbrica entre vocês que nunca se realiza, algo tão denso e ao mesmo tempo fugidio quanto o ar da Amazônia. A questão que não sai da sua cabeça é: "Se ele não gosta de mim, por que não para de me ligar?"

 Você já tentou de todas as formas seduzir a Loucura de Estimação, mas ele é uma enguia elétrica: escorrega, dá choques e sempre escapa. Todo o poder que a Loucura de Estimação tem reside em se negar. E quanto mais ele se nega a você, mais irresistível se torna. Milhares de vezes você diz "nunca mais" e milhares de vezes se contradiz para realizar seus pequenos caprichos. Loucuras de Estimação são criaturas folgadas.

 Certa vez, depois de mirabolantes peripécias suas, ele te deu um beijo na boca. Mas foi tão chocho, tão sem língua, tão sem ímpeto que acabou provocando o efeito inverso e aumentou seu desejo por ele. Então você cravou as unhas nas palmas das mãos e pensou por um instante no Marquês de Sade, para quem, nesses momentos (e em outros), o estupro seria altamente recomendado. A verdade, minha cara, é que ele até poderia te comer, e até te comeria com uma certa regularidade, se você não fosse tão a fim dele.

Vamos direto ao ponto? A Loucura de Estimação não vai ficar com você. Nunca. Nem mesmo seu amigo pra valer ele será porque isso o desmistificaria e ele não é bobo para se mostrar mortal e sem graça como o resto do mundo. Ele te liga porque você é inteligente e a conversa é boa e você dá atenção a ele e está sempre disponível. Você serve para passar o tempo enquanto ele vai de um lugar ao outro. Você é o iPod dele, nada mais.

Se você acredita que a Loucura de Estimação é o homem da sua vida, toma um *ayahuasca* e bota isso para fora. Você não pode amar um espectro, uma idealização, um totem. Você não é nada além de uma boa massagem no ego dele e ele não é nada além de um bom instrumento de tortura.

Quer esquecê-lo ou neutralizar sua influência? Saia com um homem que te queira. Agora. Já. Se não resolver, saia com outro. Cedo ou tarde você acerta e consegue se ver livre do jugo da Loucura de Estimação. Enquanto isso não acontece, você às vezes se diverte, às vezes se aborrece, mas sempre se distrai. E se distrai com o que há de mais belo na troca entre as pessoas e o que menos a Loucura de Estimação te oferece: café, suor e realidade.

♥ **Meninos no lago**

Uma das raras lembranças que eu trago do jardim da infância (ah, que nome lírico) é a historinha do menino e do lobo. Todo dia, após o lanche, a professora contava histórias com fundo moral, enquanto a maioria da classe acariciava seus paninhos e chupava o dedo – inclusive eu. Depois de um ano, algumas dessas histórias haviam sido repetidas à exaustão, mas eu não me importava: crianças adoram um repeteco.

O menino e o lobo. Eis que o tal menino estava brincando no lago quando teve a péssima ideia de pregar uma peça num lenhador que trabalhava ali perto: "Um lobo, acuda, alguém me ajude, um lobo furioso, socorro!" O lenhador passou a mão em seu machado e correu para salvar a criança. Chegando ao lago, porém, deu com o menino às gargalhadas. Irritado, o lenhador disse: "Não faça isso, moleque! Um dia você pode sofrer um ataque real e eu não vou acreditar nos seus gritos!" O menino deu de ombros e repetiu a brincadeira no dia seguinte, no seguinte e no seguinte. A cada vez, o lenhador, antes de pegar o machado, se perguntava: "Deve ser brincadeira, mas... e se não for?". O menino ia se divertindo a valer com a credulidade do lenhador, até que um dia um lobo de verdade, feroz, faminto, se aproximou do lago. O menino pôs-se a gritar e gritou, gritou até o último segundo, enquanto os dentes do lobo se cravavam na sua carne tenra. O lenhador, ao ouvir os gritos de sempre, apenas pensou: "Chega dessa palhaçada: não acredito mais nesse moleque."

E aqui estou eu às voltas com um menino no lago. Vamos sair? – disse o rapaz. Sim, respondi. E, no dia marcado, as horas se arrastaram, escoaram, se esvaíram e... nada dele: nenhum telefonema, e-mail, torpedo. Tentei saber o que houve. "Ah, surgiu um imprevisto, não deu para ir." Na semana seguinte, combinamos outro encontro. Um novo imprevisto, porém, aconteceu e ele – adivinhe? – não me avisou. Uma semana depois, mais precisamente hoje, do lodo em que os amantes irresponsáveis chafurdam, o gajo me manda um torpedo com convite para ir ao cinema. Respondi que estava com outro (mentira) e que lhe desejava boa sorte (mentira também). Pois ele teve a cara de pau de mandar resposta: "Sacanagem." Se eu pudesse incutir alguma noção de civilidade romântica naquela cachola canhestra, eu apenas diria: "Não sou sacana, meu caro: eu sou o lenhador. E você... você não passa de um menino."

♥ Faunos e Ofélias

Duzentos homens molestados na infância e/ou adolescência compareceram a um dos programas da apresentadora americana Oprah Winfrey. Corajosos, enfrentaram seus demônios (ainda os enfrentam) e mostraram a cara: palmas para eles. Num determinado momento, um psicólogo dedicado ao tema disse algo que me chamou muitíssimo a atenção: "O alvo dos molestadores são crianças que não sabem o que é amor."

Não importa quão estruturada uma família pareça – ela pode ser paupérrima em matéria de amor. Desse modo, a criança assediada confunde a atenção e o abuso que sofre com afeto genuíno, ficando, desse modo, nas garras do molestador.

Imediatamente pensei em nós, mulheres. Nossas experiências românticas formam uma colcha de retalhos muitas vezes difícil de identificar. O que é ser amada de verdade? Já fomos amadas de fato?

Os abusadores, os mal-intencionados, os golpistas, os violentos se aproximam de mulheres que não sabem o que é o amor. Assim, elas acreditam que aquele tapa, aquela humilhação, aquela manipulação emocional, aquela censura constante são o mesmo que carinho, cuidado, amor.

Um dos meus filmes prediletos é *O labirinto do fauno* (parece uma fábula, quando, na verdade, é um dos filmes de guerra mais brutais que já vi). Uma menina, Ofélia (qualquer semelhança com a Ofélia de Shakespeare não é mera coincidência), é atraída para um labirinto (um lugar feito propositalmente para confundir quem nele penetra). Ali começa seu relacionamento com um fauno cujo caráter não conseguimos determinar num primeiro momento (bom, mau, misericordioso, enganador?).

Certa noite, a realidade da menina (a Espanha de 1944, um padrasto fascista, neurótico e violento, uma mãe que acaba de morrer ao dar à luz) é tão, tão, tão devastadora que, quando o fauno aparece (o fauno agora claramente manipulador e repulsivo), Ofélia se joga em seus braços como quem reencontra um bom pai há muito perdido. Acho essa cena uma das mais pungentes do cinema. Se o fauno fosse um molestador, a menina de 10 anos se jogaria em seus braços do mesmo modo.

Há faunos na vida real. Muitos deles. Nós nos jogamos em seus braços. Nós permitimos, colaboramos, aceitamos que essas criaturas se imponham em nossas vidas e, aí está o mais grave, acreditamos que aquilo que eles nos dão é amor. Nós realmente acreditamos que estamos sendo amadas. Porque também há Ofélias na vida real. Muitas delas.

♥ O orgasmo feminino e a saia curta

Definitivamente Hollywood presta um desserviço ao orgasmo feminino. Basta uma encoxada meia boca num canto qualquer para a atriz – que não tem barriga, não tem celulite, não tem bumbum molinho, praticamente nem mais corpo tem – gemer, uivar, subir pelas paredes e derrubar os móveis da sala. Então, o homem que assistiu a uma centena desses filmes encontra a mulher real e acha que friccionando seu clitóris por cinco segundos como quem dá polimento num carro vai arrancar dela orgasmos múltiplos.

Estima-se que a dificuldade para alcançar o orgasmo seja compartilhada por 1/3 das mulheres do mundo. E não é para menos: crescemos ouvindo coisas do tipo "tira a mão daí, menina!", enquanto nossos primos ganhavam revistas eróticas dos pais. E assim o fosso foi se abrindo: os meninos empunhando seus membros com orgulho e nós com vergonha daquele buraco negro ali embaixo.

A liberdade sexual que nós, mulheres, supomos viver no Brasil não existe. Compre qualquer revista para adolescentes e veja o teor das matérias: "não seja fácil", "não dê mole se ele não quiser namorar", "descubra se o gato só quer transar com você e caia fora". Ou seja, o caminho que é apontado para as jovens leitoras não é, nem de longe, viver o sexo de maneira natural, responsável e, sobretudo, sem estúpidas e preconceituosas travas.

E não adianta achar que é possível ser feliz sem estar em harmonia com essa área: a sexualidade, vivida ou sublimada, está presente em tudo o que fazemos, ela é a seiva que estimula nosso desejo de trabalhar, de se divertir, de se doar, de criar, de amar enfim. Trancada no porão, ela só cria estragos – ou você realmente acha que apenas um vestido curto pode transformar estudantes em animais como no notório caso da Uniban? Bem, se eles forem incrivelmente mal amados e mal resolvidos (e é óbvio que são), até um colchete aberto pode gerar um assassinato.

Me lembro de certa vez em que, na faculdade, eu discutia acaloradamente com uma colega (ela havia sido representante de classe do ano anterior e eu assumi o encargo no ano seguinte). A tal discussão degenerou a ponto dela me acusar: "Você é uma mal-amada!" Minha resposta foi a única possível: a verdadeira.

— Mas é claro que eu sou uma mal-amada! Mal-amada e malcomida! Ou você acha que eu estaria aqui discutindo essas imbecilidades com você se o homem que eu desejo estivesse me esperando lá fora, hein? Dãããã!!!

Voltando ao orgasmo feminino, não há um único, certo e infalível caminho para se chegar a ele, pois o mapa do tesouro é diferente para cada uma de nós. Seja lá de que maneira for – com dedos, línguas, livros, paus, palavras, pilhas –, o importante é que, na cama e fora dela, nossa sexualidade floresça (em vez de se desvirtuar em agressividade contra os outros e contra nós mesmas).

♥ Você se dá ao respeito?

– Você precisa se dar o respeito!

Eu detesto praça de alimentação. Gostoso é conversar durante as refeições num ambiente o mais silencioso possível, gostoso é restaurante vazio, cinema vazio, shopping vazio. Como eu não desejo que a cidade seja infectada por uma peste misteriosa à moda dos filmes de zumbis, realizo meu desejo fazendo compras às dez da manhã, almoçando no fim da tarde, indo ao cinema nas sessões da meia-noite.

Mas naquele dia aconteceu de eu estar no shopping com o estômago grudando nas costelas: meio-dia e meia, uma inundação de gente faminta e, sobretudo, barulhenta. Os restaurantes mais caros estavam igualmente cheios, decibéis a mil, melhor resolver o assunto rápido e rasteiro. Escolhi um prato ao acaso, número 5, encontrei uma mesa para dois, espremida entre outras maiores e me pus a comer. Em meio àquele inferno cacarejante, uma voz se destacava: era minha vizinha de mesa, advertindo uma moça que a ouvia com os olhos baixos.

– Se dar o respeito, sim! Você dá na primeira noite, se oferece feito um prato de macarronada e acha que o cara vai te respeitar? Não vai mesmo!

Hum... a moça precisava se dar o respeito, certo. Nem vou entrar no mérito dessa ideia primata de achar um absurdo transar na primeira noite, como se houvesse uma constituição do bom comportamento que nos ditasse uma quota mínima de encontros antes de rolar sexo. Isso pra mim tem nome:

barganha. E eu acho repulsivo barganhar com sentimentos ou desejos. Se for espontâneo transar no quinto encontro, beleza. Se for uma barganha mamãe-eu-quero-casar, eu cuspo em cima. Isto posto, voltemos ao tal do respeito.

Suponhamos que aquela moça admoestada pela amiga (amiga?) na praça de alimentação realmente não tenha se dado o respeito, suponhamos que ela tenha rasgado todos os manuais, ultrapassado todos os limites, rastejado mais que Gregor Samsa. Neste caso, eu me pergunto: e o outro? Ninguém pensa no outro? Se você vai ser tratada com respeito apenas se você se der o respeito, isso significa que o outro tem o caráter volúvel a ponto de tratar uma mulher como um verme ou como uma deusa dependendo de como ela se comportar. Mas que tipo de pessoa é essa?

Responda você, leitora amiga. Você segue os seus valores e a sua educação ao tratar os outros ou você trata os que se dão o respeito com respeito e os que não se dão o respeito com bucha e tudo? Se alguém não se der o respeito, você aproveita e tripudia sobre a pessoa ou apenas lamenta sua falta de autoestima e decoro? Aliás, alguém aí, por gentileza, poderia me dizer o que é se dar o respeito, afinal?

♥ Salvem os pelos masculinos!

Queridas e queridos, há algo gravíssimo acontecendo bem debaixo dos nossos narizes, há vermes ardilosamente camuflados que tentam – e estão em vias de conseguir – acabar com o que nós (ainda) chamamos de tesão, de desejo físico, de sexo!

Outro dia, um telejornal apresentou uma matéria sobre as opções de camisetas com gola em V para os homens. Alguns transeuntes experimentaram a "nova" moda, que vai desde golas conservadoras até as que se assemelham a decotes femininos. E em que isso me interessa? Em nada. Porém, quando eu pretendia lançar a matéria no baú das inutilidades humanas, a consultora de moda advertiu que... pelos escapando por uma gola é gafe, é brega, é feio. Ficou claríssimo: os pelos masculinos estão proibidos!

Claro que eu dei um pulo da cadeira na mesma hora com a caneta em punho: alto lá! Pelos – em homens e mulheres – são fundamentais para um sexo gostoso. Apará-los é uma estratégia interessante (até para evitar aqueles pelos e pentelhos compridos que grudam nas nossas gargantas), mas raspar, depilar, extirpar todo e qualquer pelo é loucura!

O pelo conserva nosso cheiro de macho ou fêmea, é como uma tora de rolagem que facilita o vaivém do sexo sem que as peles fiquem em carne viva, é um protetor natural, além de ser (falo por mim) muitíssimo agradável ao toque.

Por que será que a moda tenta sempre limpar nossas mais tesudas características? Pergunte a qualquer homem que ainda não tenha sido abduzido pela ficção científica das novas revistas masculinas o que ele acha de um bumbum molinho. Pergunte a um desses homens o que ele acha de seios que balançam dentro do sutiã, seios que possuem perfil de pera, que descem macios dois centímetros quando o sutiã é retirado. Eles amam! Mas a moda nos traz como modelo a seguir mulheres com peitos duros de maçã e bumbum de pedra. Essa mesma moda agora impõe aos homens a obrigação de se depilar. Para quê? Para que o único tesão do mundo seja o de vestir o que o Big-Brother-Fashion mandar? (Eu me refiro ao "Big Brother" do clássico livro *1984*, de George Orwell).

Um a um, nossos deliciosos atributos físicos vão sendo relegados à esquisitice, e os pelos masculinos são apenas mais um símbolo dessa esterilização. Se você quer, como eu, um futuro em que os corpos possam ser orgulhosamente naturais e tesudos, em que haja espaço, em pé de igualdade, para o pelado e o peludo, para a macérrima e a gordinha, não aceite essa estética perversa e antinatural que tentam nos entubar goela abaixo. Por uma vida com muito mais tesão e muito menos neurose, junte-se a mim: salvemos os pelos masculinos!

♥ Vítima

Sting, no final da década de 1980, circulou pelo mundo com o cacique Raoni, chamando atenção para a causa indígena. Ao ser acusado de usar o líder txukahamãe para se promover, Sting deu uma resposta brilhante: "Se eu me envolvi nessa questão para me promover, não deixo de, em alguma medida, acreditar no que divulgo; já se eu me envolvi por idealismo, não deixo de, em alguma medida, me autopromover." Falou e disse.

É possível – e nada maniqueísta – compreender que todas as relações, mesmo as mais profundas e sinceras, possuem, em sua constituição, um tanto de interesse. Sintetizando numa frase: todo mundo usa todo mundo o tempo todo.

O termo "usar" possui um contorno nem sempre justo: ele pode ser visto de forma neutra, independente dos sentimentos que o acompanhem. Quando você está com seus amigos numa festa, você está usufruindo (e usando) da companhia deles e eles, da sua. Usar não é obrigatoriamente algo ruim – e é um fato.

Mas por que eu estou perdendo o meu tempo – e gastando o seu – com essa teoria de botequim? Uma teoria altamente questionável – tanto quanto qualquer outra, aliás?

Bem, primeiro porque escritores são o último refúgio do politicamente incorreto: por lidarmos com ficção (aliás, crônica é um gênero literário) temos a prerrogativa de enfiar o pé na jaca até o talo e sair assobiando. Segundo porque eu gosto de evocar essa teoria como um antídoto para quando começo a me sentir uma coitadinha – e, se ela é útil para mim, talvez seja para mais alguém, vai saber.

Quando uma pessoa se sente vítima, se vê vítima, se acredita vítima, todo o seu poder de transformação é retirado. Vítimas – no momento em que sofrem – são impotentes. E impotência é algo morto, sem cura, sem movimento. Vítima de fato é aquela pessoa que não teve poder de escolha. Uma mulher estuprada, por exemplo, quando se levanta em busca de justiça, deixa, estanque no passado, o momento em que esteve submetida: naquele instante ela não teve escolha, mas, agora, tem.

Vamos a um exemplo menos punk. Suponhamos que uma moça tenha saído com um cara, se apaixonado, e que, depois de uma ou várias noites, ele tenha usado a máxima do Leão da Montanha: saída estratégica pela esquerda. Então, a pobre se tranca em casa com três barras gigantes de chocolate, afinal foi uma vítima! Ora, mas ela também não o usou? Primeiro como um corpo viril, como uma confirmação do quanto ela é sexualmente apetitosa, e depois como um receptáculo dos seus anseios românticos? Eu sei: parece mais fácil jogar a culpa no outro – mesmo porque cafajestes, insensíveis ou simplesmente homens que não nos querem mais não faltam por aí –, mas essa atitude só prolonga o sofrimento. Se ela teve escolha, está agora apenas lidando com as consequências de um risco que topou correr – e se ela teve o poder de se colocar nessa situação, não terá também a capacidade de sair dela?

♥ Prazer suficiente

Uma amiga minha, que está com o pai muito doente há meses, arrumou as malas, contratou duas enfermeiras e disse, "Hasta la vista, baby!" Ao viajar com o namorado para o Caribe, toda a família, amigos, conhecidos e desconhecidos iniciaram uma cruzada contra o Anti-Cristo-Renata: uma criatura vil, insensível e cruel que não se importou em abandonar o próprio pai à beira da morte para se banhar num mar azul-turquesa. "Como ela pode fazer isso?" é o mantra do momento. Ela pode, sim. Ela não só pode como deve.

Prazer é o nosso oxigênio. Pessoas bastante elevadas espiritualmente conseguem extrair do bem que fazem aos outros todo o prazer de que necessitam: um dia chegaremos lá. Mas o resto da humanidade ainda precisa de prazeres, digamos, menos diáfanos para se manter em pé.

Se você já cuidou de um doente, sobretudo pai ou mãe, sabe que chega um determinado momento em que você simplesmente precisa de, ao menos, um pouco de prazer. Não é uma questão leviana: não receber uma transfusão de prazer faz com que você se torne mais intratável (ou mais enfermiço) que o doente. Caso não se dê prazer, essa falta será suprida de uma forma ou de outra: você irá comer demais, fumar demais, beber demais, comprar demais, limpar demais, falar demais, encher o saco dos outros demais.

A necessidade de prazer é algo que se impõe no nosso dia a dia – e, em períodos de estresse, essa necessidade dobra (que o diga Bill Clinton). Minha amiga Renata pegou seu instrumento de satisfação garantida – o namorado – e embarcou num cruzeiro para o Caribe a fim de potencializar sua quota de prazer. Ao voltar refeita, estará preparada para encarar, com todo carinho e paciência, mais alguns meses à beira do leito paterno. Curioso que nenhuma das pessoas que está achincalhando Renata se ofereceu para ficar meia hora que fosse com o doente. Quanta compaixão!

Mas será que outras formas de prazer não podem nos saciar? Meditar pode dar prazer, religião pode dar prazer, brincar com os filhos, fazer um trabalho voluntário, praticar um esporte, pegar um cinema ou um teatro pode dar prazer – mas é suficiente para encher o tanque de alguém que vem se doando no limite da própria saúde física e mental? É suficiente para alguém que carrega o peso de decisões políticas que afetarão milhões? É suficiente para uma mãe que ano após ano vela pelo filho com necessidades especiais? Com toda sinceridade, eu não sei. Por via das dúvidas, melhor não julgar a forma como os outros conseguem obter prazer. Prazer suficiente.

♥ O lado bom da rejeição

Dizem que a pior coisa que pode acontecer numa relação a dois é o abandono. Ok, ser rejeitada é um horror, ser rejeitada como mulher é o horror dos horrores, mas tem coisa pior.

Dois meses, parcos dois meses bastaram para que um cara aparentemente legal, normal, tranquilo, encasquetasse com uma amiga minha. Encasquetar é pouco: ele passou a ligar para ela dez, vinte, trinta vezes ao dia, passou a esperá-la na saída do trabalho, a abordar seus colegas na rua. Claro que diante desse assédio minha amiga cortou o projeto de relacionamento que havia entre eles. Adiantou? Não. O rapaz atravessa as noites estacionado na frente do seu prédio, a segue até a casa da mãe, até o shopping, até onde quer que ela vá. Se ela entra numa padaria, em menos de um minuto ele está ali também. As cortinas da casa da minha amiga agora vivem fechadas, ela está com medo, até seus familiares estão com medo.

O perseguidor da minha amiga tem bom gosto literário. Escolheu "Fanatismo", soneto de Florbela Espanca, e, todos os dias, às 21:20, o envia por e-mail (este horário marca o primeiro beijo de ambos). O soneto é, de fato, belíssimo – e assustador. Só de pensar em alguém declamando-o para mim já começo a suar de pavor. Sinta o drama (reproduzido em sequência, sem a formatação de soneto).

Minh'alma, de sonhar-te, anda perdida, meus olhos andam cegos de te ver, não és sequer a razão do meu viver, pois que tu és já toda a minha vida! Não vejo nada assim enlouquecida... Passo no mundo, meu Amor, a ler no misterioso livro do teu ser a mesma história tantas vezes lida! "Tudo no mundo é frágil, tudo passa...", quando me dizem isto toda a graça duma boca divina fala em mim. E, olhos postos em ti, digo de rastros: "Ah ! Podem voar mundos, morrer astros, que tu és como Deus: princípio e fim!..."

Vê? Ela tem toda razão em temer o desenrolar dessa insanidade. Estima-se que a cada a 15 segundos uma mulher seja espancada no Brasil. Segundo a Organização Mundial da Saúde, quase metade das mulheres assassinadas são mortas pelo marido ou namorado, atual ou ex. Minha amiga tomou providências: não sai de casa desacompanhada e acabou de entrar com uma medida legal restritiva para que o rapaz pare com essa perseguição.

Se você está se sentindo uma pobre infeliz porque levou um fora, mude o mantra, amiga: você foi abençoada! Cada homem que te rejeitou, que te abandonou, que não quis saber de você é um homem a menos a te perseguir. Já pensou nisso? O gajo que te deu um cartão vermelho, além de não empatar sua vida, te ofertou por tabela um presente precioso: a liberdade.

♥ Casamentos

Estava eu no cabeleireiro fazendo luzes, com aquela touca que deixa a gente com cara de ET que já perdeu metade dos cabelos tentando encontrar a nave-mãe, quando uma moça que fazia as unhas dos pés ao meu lado puxou conversa. E no meio do papo, ela me sai com essa:

— Eu quero casar de branco, véu, grinalda, buquê, festa, tudo que eu tenho direito. Toda mulher quer isso — e aquela que diz que não quer, está mentindo, está só querendo se fazer de moderninha!

Minha sacrossanta pororoca da parafuseta, como eu poderia contestar aquela ideia sem ser indelicada?

— Será que todo mundo, mas todo mundo mesmo, que não tem esse sonho está mentindo? Ih, menina, então eu minto desde que nasci e não sabia...

Ela fez um muxoxo de desdém, mergulhou o olhar na revista feminina mais próxima e não falou mais comigo. Enquanto isso, eu fiquei pensando no quanto nós incorremos no mesmo erro da moça ao meu lado: para justificar nossa opinião, negamos a existência de uma opinião contrária. Para averbar nosso ponto de vista, dizemos que todo mundo concorda conosco e que quem diz não pensar como nós está mentindo. E ai de quem tentar nos mostrar outra realidade!

Essa estratégia, além de antipática, é preconceituosa. Ela traz em si o germe da intolerância, sua consequência é, no mínimo, a negação de qualquer pensamento divergente. Não havia necessidade de a moça afirmar que quem não pensa como ela está mentindo – mesmo porque isso, sim, é mentira. É como se ela supusesse que fosse ser ridicularizada, então precisasse enfiar o mundo inteiro no seu sonho para validá-lo. Quanta insegurança! Alguém pode ter um sonho único, bizarro até, e ainda assim ele ser legítimo. É legítimo que ela tenha o sonho de se casar como princesa, é igualmente legítimo ter um sonho diferente ou não ter sonho algum em relação ao assunto.

Eu, por exemplo, nunca fiquei suspirando por vestidos de noiva ou marchas nupciais. Não vejo a menor diferença entre um casal casado e um casal juntado. As famílias, graças ao bom Deus, estão cada vez mais plurais: há casais casados no papel que não moram juntos; casais que moram juntos e não são casados no papel; casais que namoram, mas é como se fossem casados; casais que criaram seu próprio método de união e ligaram o "dane-se" para o mundo e, no fim das contas, todos são casais.

O que importa é o casamento do coração – e que cada um ritualize essa união como melhor lhe aprouver: com um beijo, um contrato, um churrasco, uma festa de arromba, uma chuva de pétalas de rosa, alianças de brilhante, um bilhetinho, duas mordidas numa maçã do amor, flor de laranjeira, uma partida de xadrez, vestido branco, vestido vermelho, nenhum vestido. Como diz o funk, cada um no seu quadrado.

♥ Um olhar que não te atravesse

É domingo. Você está enterrada até as orelhas sob cobertores, TV ligada numa luta de boxe qualquer que te hipnotiza com sua simetria de golpes. Então, o celular toca. Número desconhecido. Quem é? Sou eu. Ah, você odeia quando a coisa começa assim. Mas ele se identifica logo, conseguiu seu celular com um amigo.

Lembra de mim? Flashes de um homem de sobrancelhas loiras se espreguiçando devagar como um cão grande. E você adora grandes cães, com muito pelo, muita saliva, um grunhido rouco que significa "me coça" e uma maneira desajeitada de se jogar em cima de você. Sim, faz tempo, mas você se lembra dele. E em meia hora de conversa, sim, você gostaria de vê-lo agora. E nesse agora não há ansiedade, nenhuma ansiedade. No meio da conversa, ele pergunta:

– O que você quer?

– Um abraço – você responde.

E é verdade. Você não quer muito mais do que isso. Um abraço e um olhar que não te atravesse, alguém que olhe dentro dos seus olhos e veja você, não o reflexo de si mesmo.

No carro você pensa que todos os homens que passaram pela sua vida ultimamente só retiraram, cada um e todos eles, um naco da sua energia. Então, ao voltar para casa, você se percebe mais triste e mais sozinha e mais vazia e mais seca do que quando havia saído. Eles lanham seu rosto com a barba malfeita enquanto sugam o que você tem de mais precioso. Os homens te enfraquecem. Por que hoje seria diferente?

Ele te leva para o apartamento dele, te mostra sua vista do décimo quarto andar e encosta o peito em você. Apenas encosta. O suficiente para o cheiro dele subir direto para sua cabeça.

Mais tarde, você vai até o banheiro se lavar e tem a sensação de que aquela casa é acolhedora e quente. No corredor, você se agacha em frente a ele: Rex, o cachorro daquele homem. Grande e dourado, pelos como fibra de ouro grudando na sua calça preta e aqueles redondos, densos e inocentes olhos castanhos. É ele quem acolhe as pessoas e esquenta a casa. É ele quem se aproxima e é ele quem te lança um olhar de reconhecimento, um olhar que não te atravessa, aquele olhar que você estava procurando. Com curiosidade e sem qualquer defesa. Ele é pura doação. Não importa quem você é, se sua barriga é flácida ou se sua garganta segura um choro doído há meses, não importa se sua maquiagem borrou e te deixou com imensas olheiras ou se você está menstruada: Rex te acolhe. Só com os olhos, ele te acolhe.

O homem te leva para casa e você se sente numa cena de *Lost in translation*: você, uma Scarlett Johansson no Japão, enquanto Bill Murray dorme no carro e a noite está agradável. Então você se lembra dele, dos seus enormes olhos que te devassaram num segundo. Rex. Pensando bem, você gostaria de chorar.

♥ Palavras, palavras, palavras

Quando Polônio pergunta a Hamlet o que ele está lendo, este, fingindo-se de louco-do-tipo-que-fala-a-verdade, responde: "Palavras, palavras, palavras." Pois é, o pseudolouco da tragédia de Shakespeare pode ter nos dado uma pista preciosa para compreender as criaturas de Marte.

Homens são Hamlets-doidos: para eles, o significado das palavras está disperso por aí, aleatoriamente, como grãos de poeira sob o sol. Os machos humanoides não compreendem o sentido das palavras nem das frases, muito menos das promessas.

Hoje eu parei para fazer uma contabilidade amarga: tentei enumerar as palavras vãs que me foram ditas pelos homens que tive, ou melhor, por aqueles que supus ter tido. Elas foram tantas, mas tantas, que a areia movediça do desencanto se transformou num tornado ao meu redor. Chorei.

Havia algo que eu pudesse fazer além de chorar? Talvez. Talvez dizer a você que me lê agora, o que diria a mim mesma se pudesse voltar no tempo: "Não acredite."

"Vamos fazer uma road-trip pela Califórnia?" Não acredite.

"O cinema é só um pretexto: eu quero mesmo é ver você." Não acredite.

"Mês que vem estarei no apartamento novo e nós vamos dormir juntinhos lá." Não acredite.

"Estou com medo, você é uma mulher muito apaixonante." Não acredite.

"Você encontrou quem procurava." Não acredite.

"Sábado vou te levar para comer a melhor feijoada da cidade!" Não acredite.

"Vamos passar o feriado com meus amigos na praia: só irão casais e eu vou com você." Não acredite.

"Essa noite foi uma delícia..." Não acredite.

"Eu juro que vou te compensar por ter ficado me esperando." Não acredite.

"Amanhã te ligo pra gente sair." Não acredite.

"Estou com saudade". Não acredite.

Reduza sua crença o quanto puder, aumente sua desconfiança ao máximo. Quanto menos você acreditar, melhor. Até o último segundo, cogite a possibilidade de ele te deixar no altar. Se quiser ir em frente, vá, mas não perca de vista, jamais, a perspectiva de que tudo, rigorosamente tudo o que ele diz pode ser mentira. E não confunda mentira com maldade: é bom saber que nem sempre elas andam juntas, embora isso não diminua a nossa dor.

Para muitos homens, o livro mais enternecedor, o mais instigante, o mais profundo, o mais divertido, o mais verdadeiro, não passa de um mero e vulgar amontoado de palavras desconexas: nada além de palavras, palavras, palavras. Como esta crônica, aliás.

♥ Sensação de partilha

Ouvi de muitos leitores (curiosamente apenas do sexo masculino) que minhas crônicas têm fomentado a guerra entre os sexos. Disseram eles que existem homens leais no jogo romântico e que eu faço muito mal em jogar lenha nessa fogueira.

Muito bem. Existe algo que eu repito há dez anos e vou continuar repetindo por mais dez numa boa (é para isso mesmo que eu estou aqui). Crônica – o que eu faço neste espaço – é um gênero literário que comporta a ficção, a ironia, o exagero. Comporta também o contrassenso, as generalizações e tudo o mais que é politicamente incorreto. Escritores não são jornalistas, não são sociólogos ou antropólogos, não são psicanalistas ou filósofos. Nós não temos compromisso com a imparcialidade, com a história ou a estatística, com o que é razoável ou com a rebimboca da ética de Piraporinha. Por gentileza, não confundam as profissões. Escritores têm compromisso apenas com suas próprias entranhas e, por consequência, com as entranhas dos seus leitores.

O fato de que há homens leais, de que não existem pérfidos (e pérfidas) absolutos, de que no dia seguinte tudo pode ser diferente (coisas com as quais eu concordo) não anula a necessidade que todos temos de vomitar nossas dores. Sabe aquele dia em que você levou um fora, perdeu o emprego ou sentiu uma imensa tristeza sem nome? É aí que, ao ler seu escritor favorito, você experimenta a sensação de partilha e, por um instante ou dois, se sente reconfortado.

Sem vomitar em algum lugar e de alguma maneira o que destroça a alma, não há perdão que consiga emergir: um é o primeiro passo, o outro é o último. Alguém por aí pode até supor que se recupera dos seus problemas sem purgar nada em lugar nenhum: será? Há quem, sem perceber, drene a própria dor humilhando os subordinados, sendo um animal no trânsito ou enchendo a cara de uísque. Eu prefiro ler uma crônica.

Quando o sofrimento é um arame farpado rasgando sua garganta você não quer ouvir que há bondade no mundo e que nem todo mundo é ruim (o que é óbvio): você só quer saber se não está sozinho no escuro e úmido poço da desilusão. E, no que concerne aos meus leitores, homens e mulheres, eu posso lhes garantir que não, vocês não estão sozinhos.

♥ Saudade de quê?

Estava eu avançando na leitura de *Relações perigosas*, de Choderlos de Laclos, quando, ao virar a página 370, bati os olhos no relógio. Precisava sair: tinha uma reunião. Duas horas depois, estava eu pensando em pegar minha bolsa para ir embora da tal reunião quando, num devaneio, uma senhora se lamenta: "Ninguém mais se casa virgem como eu, não há mais respeito à mulher nem aquele romantismo de antigamente". Sadismo, virgindade, respeito, relações perigosas. E eu ainda nem havia chegado às 4 da tarde.

Me admira essa vontade de viver em tempos mais românticos, de retornar a uma época em que, segundo dizem, a mulher era mais respeitada. De que raio de respeito e romantismo essas pessoas estão falando? De desencaixes sexuais e emocionais que tinham de ser suportados até o fim da vida? De silêncios opressores à mesa do jantar? De homossexuais amordaçando suas verdadeiras vontades dentro de casamentos duplamente torturantes? De histéricas se contorcendo de desejo entre toucadores perfumados? Das hipocrisias sem conta que esses tempos encerravam?

Estamos falando da ridícula pantomima que Choderlos inventou para que seu romance não lhe trouxesse grandes prejuízos? Quando *Relações perigosas* foi publicado, em 1782, o autor disse que as cartas que compõem o livro eram reais e que o objetivo da publicação era apenas moralizar a sociedade.

Estamos lamentando a perda do quê? De rapazes lendo *Os sofrimentos do jovem Werther*, de Goethe, e se matando às pencas por causa de uma paixão? De um mísero e único amor? Ainda que fosse um amor fundamental e inesquecível, o fato de que haveria outros foi solenemente ignorado, deixando campo aberto ao suicídio, afinal, era uma época tão romântica!

Lembro da mãe de uma amiga de escola revelando a nós duas, em sua sala de estar cheia de bibelôs, que nunca havia dado um beijo de língua. Por quê? Porque o marido achava isso coisa de prostituta e ela acreditara nele. Em meus inocentes 16 anos, eu, que nem ainda havia sido beijada, fiquei olhando para aquela senhora e sentindo uma pena imensa dela. Por conta desses tais tempos respeitosos e românticos ela nunca conheceu o prazer de um longo, profundo e erótico beijo na boca.

Minha tia-avó Tereza, a caçula da família, se casou virgem com um homem considerado um excelente partido. Do interior de São Paulo ele a levou para uma mansão no Rio de Janeiro. Seis meses depois, minha tia foi encontrada no porão desse mesmo endereço. Ela estava com tuberculose, perdera metade do peso e por todo o seu corpo havia marcas de chicotadas. Pouco depois, ela morreria vítima dos maus-tratos infligidos por seu marido, um sádico sexual. Talvez hoje ele estivesse num clube privê chicoteando quem com isso se deleita, mas naquela época ele se casou e espancou minha tia-avó até a morte, escondendo-a no porão sem que ninguém conseguisse intervir, afinal, eram tempos tão românticos e respeitosos!

Eu pretendia falar da sádica marquesa de Merteuil e do sedutor pimpão (e tolo, como todo sedutor pimpão) visconde de Valmont, mas me deixei levar. Fica, porém, a dica: o livro é chatíssimo, no entanto, o filme, de 1988, com John Malkovich e Glenn Close (ambos insuportáveis de tão bons) é maravilhoso – e digo isso sem nenhum saudosismo daqueles tempos.

♥ Metamorfose

Sempre digo que você nunca perderá seu tempo dedicando-o a um livro clássico: ele pode não te tocar pessoalmente, mas não te proporcionará uma experiência medíocre. Portanto, você pode, por exemplo, até não gostar do escritor Franz Kafka, porém jamais poderá negar seu talento. E digo isso porque acabei de reler *A metamorfose*, seu livro mais conhecido.

A história narra as desventuras de Gregor Samsa, que um dia acorda em sua cama metamorfoseado num inseto gigante. É curioso que, apesar de o autor não dizer em que espécie Gregor havia se transformado, a barata tenha se tornado a opção mais óbvia. Não é para menos: que inseto poderia ser mais repugnante? A partir dessa realidade, a família de Gregor passa a se sustentar – coisa que ele fazia – e a cuidar, sem nenhum gosto, daquela imensa criatura rastejante.

Claro que, leitor após leitor mundo afora, todos censuraram a família Samsa por deixar o monstro num estado de quase absoluto abandono. Inclusive eu.

Quando experimentei *A metamorfose* pela primeira vez, nos meus 17 anos, supus que o livro fosse uma metáfora para um ente querido que de súbito fica doente ou que nasce com alguma deficiência e é, pela família, escondido do mundo, tratado com frieza, descuido e nojo, e cuja morte todos desejam. No entanto, dessa vez, tive outra sensação – e aí reside a grandiosidade dos clássicos: seus significados se desdobram a cada leitura.

Eu não tive pena de Gregor, nem mesmo quando ele morreu. Concordo que sua família não era a mais amorosa do mundo, mas o que eu lamentei foi sua falta de iniciativa, sua inércia, sua nauseabunda prostração diante de uma situação nova. Ora, ele passou por uma metamorfose! Por que em vez de ficar preso a um quarto sendo mal e porcamente alimentado ele não se mudou para onde sua nova condição o talhava: uma mata ou floresta? Para que viver sob um teto que não mais o acolhia e, mesmo que o acolhesse, que não era o ideal para ele? A metamorfose de Gregor, pelo visto, foi apenas externa. Por dentro, ele continuava a ser o que sempre foi: um inseto pusilânime.

Essa metamorfose apenas externa, uma metamorfose pela metade, me fez lembrar daqueles que, uma vez adultos, relutam em sair da casa dos pais e morar sozinhos. Eu mesma só fiz isso depois dos trinta e agora compreendo o quanto minha vida era limitada. Verdade que a situação financeira costuma ser um entrave a ir morar só, mas hoje vejo que não há preço que pague a liberdade, a autonomia e o crescimento de uma vida fora da casa dos pais.

Também me lembrei daqueles que relutam em assumir um relacionamento romântico sério e partir para uma vida adulta, a dois, casados no papel ou não. Me diga: há algo mais triste do que o medo de viver plenamente um grande amor? Talvez haja outra coisa tão triste quanto: a covardia de não enterrar uma relação já morta (não digo que seja fácil, mas é possível enterrá-la com elegância e seguir). A morte de Gregor, portanto, não foi culpa do desamor da irmã, da severidade do pai ou da passividade da mãe. O culpado da morte de Gregor Samsa foi ele mesmo por não ter ousado partir.

♥ Amor de verão

Você já percebeu como nosso gosto se transforma, dependendo das circunstâncias exteriores?

Se você estiver há dez dias num spa vai achar que os homens com mais de 120 quilos nem são tão gordos assim e, em pouco tempo, correrá o risco de se ver nadando num mar lúbrico muito além da fofura.

Se você for acampar numa serra isolada, não demorará muito para que considere banho quente e uma privada como os pontos máximos do prazer na Terra, da mesma forma que se aconchegar numa noite frienta em seu amigo nerd (o único que sabe interpretar uma bússola) não te parecerá uma ideia esquisita.

Se você for para a praia, se demorando num estado de relaxamento, pouca roupa, cores fortes e água de coco, se sentirá atraída por quem sobressai nesse contexto: pescadores, surfistas, guias de turismo, nativos, vagabundos endinheirados ou apenas caras que não têm nada a ver com você, mas cujos corpos desfilam maravilhosamente bem sobre as areias quentes.

Viagens são empreendimentos perigosos: não demora muito para que você comece a chamar urubu de meu louro. Os critérios de seleção que usamos na cidade se modificam quando saímos dela, afinal, o que é mais importante numa praia: um cara com um corpo escultural e uma habilidade espantosa para permanecer em pé sobre as ondas usando apenas uma tábua de poliuretano ou um cara que fala todos os esses, sabe conversar sobre Sartre e te acompanha ao teatro nas noites de sexta?

É por isso que amor de verão nem sempre sobe a serra (há exceções, é claro): ao mergulharmos numa rotina diferente, nos sentimos atraídas por homens que se destacam nesses espaços e isso não significa, de modo algum, que eles continuarão interessantes se colocados em outras situações. Na praia ou no campo, sem exigências, sem necessidades intelectuais, sem objetivos maiores a não ser se divertir e relaxar, aquele cara pode ser o máximo, mas no mundo real ele talvez não passe de um irresponsável bebezão que não quer nada com a hora do Brasil.

Ou será que esse meu blá-blá-blá apenas encobre uma instigante e patética verdade: é na frouxidão das férias, feriados, viagens, que nos permitimos nos lambuzar do que realmente instiga o nosso desejo?

♥ Acreditar não é crime

O que acontece com uma mulher estuprada? Ela acha que, de alguma forma, foi responsável pela concretização das intenções bestiais daquele homem. Desse modo, na tentativa de encontrar razão para um ato irracional, ela se autoflagela. Por que eu passei por aquela rua? Por que entrei naquela sala? E se eu não estivesse com aquela blusa de renda? E se eu não tivesse entrado no carro dele? Numa total inversão de valores, a culpa passa a ser dela.

Ocorre o mesmo quando, por amor, acreditamos num relacionamento que termina de maneira catastrófica. Rosa recebe mais uma intimação e se desespera: ela se separou em 1999 e ainda hoje tenta saldar as dívidas que o ex-marido, um golpista profissional, deixou em seu nome. "Quando eu titubeava em assinar alguma coisa, ele dizia que era meu marido e que eu tinha de confiar nele. Depois da separação, minha mãe perdeu a casa, meu irmão vendeu seu carro, tudo para me ajudar. Como eu pude ser tão burra? Eu tinha de ter desconfiado!" Não, Rosa, você não tinha. Você até poderia, mas não tinha a obrigação de desconfiar. Mais uma vez, a vítima é responsabilizada. Seu crime? Ter acreditado no homem que se dizia seu marido.

De acordo com esse jeito torto de pensar, um homem pode, por exemplo, ter entrado em sites de relacionamento romântico enquanto estava junto (e bem) com você, pode ter mantido seduções clandestinas debaixo do seu nariz, pode ter deixado em suas costas dívidas que não te pertencem, e ainda assim quem anda curvada pela rua é você por ter acreditado nele? A culpa agora é sua?

Não, amiga leitora: levante a cabeça já! Você não tem nada, rigorosamente nada, do que se envergonhar. Verdade que, além de lidar com essa injusta cobrança interna, ainda há os outros que te acusam de ingenuidade ou burrice. E desde quando ingenuidade é pecado? Desde quando até mesmo a burrice é crime? Quem abusou da sua ingenuidade (ou da sua burrice, como insistem alguns) é que realmente deve se envergonhar, não você.

Portanto, não se envergonhe por ter se entregado. Não se envergonhe por ter acreditado. Não se envergonhe jamais por ter apostado tudo num amor, mesmo que ele só tenha existido dentro de você.

♥ Você iria me amar mesmo que eu engordasse trinta quilos?

— Amor, você iria me amar mesmo que eu engordasse trinta quilos?

— Benhê, você iria me amar mesmo se eu perdesse todos os dentes?

— Querido, você iria me amar mesmo que eu ficasse dez anos em coma?

— Amore, você iria me amar mesmo se eu tivesse um problema hormonal e ficasse tão peluda quanto o Tony Ramos?

Mulher adora uma prova de amor e quanto mais absurda, melhor. Coitado do rapaz se ele disser: "Eu iria é procurar uma companheira em forma, com um sorriso bonito, serelepe e depilada!" Seria metralhado na hora, o pobre.

Mas cá entre nós: já notou como é corriqueiro casais engordarem?

Há momentos diversos na engorda a dois: um é quando você, depois de uma longa e exaustiva caçada no mercado sexual, finalmente encontra alguém que você deseja e que deseja você, alguém que te faz rir e segura sua mão num filme triste, alguém que nem pestanejou em trocar exames de sangue e trazer a escova de dentes para o seu banheiro. Aleluia! Alívio! Amém! É então que você é invadida pelo prazer de que se via há muito privada, é então que você relaxa e se abre para o deleite em larga escala – e abrir a boca para acepipes variados faz parte dessa entrada nos Campos Elíseos. Seu namorado provavelmente experimenta as mesmas sensações e, *voilà*, vocês engordam juntos.

Pós-matrimônio acontece a mesma coisa. Existe época mais estressante do que a preparação de um casamento? Quando o sururu termina e as lembranças estão seguras no pen-drive de um bom fotógrafo, pronto, é hora de aproveitar o deleite do enfim-sós, com muita cama e muita mesa!

Já casais enfastiados, tristes, arrependidos, desapaixonados, ainda sem coragem para se separar, também engordam: é o símbolo da desistência, do cansaço, da desilusão. É um relaxamento sem as bochechas coradas dos amantes.

Há ainda aqueles que enfrentam a óbvia constatação de que continuam se sentindo atraídos por outras pessoas e que são apenas eles os responsáveis pelo que fazem com seu desejo. É aí que muita gente engorda para se tornar menos atraente e assim empurrar para o corpo uma decisão que não se sente forte o bastante para tomar. Em outras palavras: "Eu sinto que não conseguirei mais dizer 'não' a tantas tentações, então meu corpo fará isso por mim."

Estava pensando... nós somos corpo e alma, certo? A alma, quando ama, ama para sempre. Já o corpo... Quando um casal engorda, enfeia, embucha, a alma deles pode continuar se amando, mas e os corpos? Cadê a faísca do desejo? Cadê a atração física, que passa, também, pelo que se vê? Cadê o tesão de ver sua mulher sendo desejada por outros homens? Cadê o frisson de ver seu homem praticando um esporte, tornando os músculos brilhantes de suor?

Dizem que o amor é uma plantinha que precisa ser cuidada e blá-blá-blá. Nesse caso, o tesão precisa de um vaso só para ele.

♥ Sem uma cobra viva não vai ter a menor graça!

Estava eu zapeando a TV quando topei com uma moça dizendo na MTV algo como "sem uma cobra viva não vai ter a menor graça". Achei a frase tão surreal que parei um instante para ver do que se tratava.

Bem, se tratava de uma garota preparando sua festa de 18 anos, na qual ela faria uma entrada triunfal montada num trono, cercada por guerreiros faraônicos, carregando, enrolada em seu braço, uma cobra viva. Sim, sem a cobra não teria a menor graça.

Em seguida, a moça lançou mais um petardo – dessa vez não um curioso, mas revoltante: "Meu vestido custou 3 mil dólares, mas eu mandei colocar mais mil dólares de cristais Swarovski para que todo mundo veja o quanto sou rica." Ao provar o tal vestido, com um decote tão abissal que até o diabo condenaria, ela começou a chorar: "Não quero esse lixo: fiquei enorme de gorda!"

Mas no dia da festa, lá estava ela, com o vestido dourado (cheio de cristais Swarovski), montada no trono, com os guerreiros em volta e a tal cobra viva enroladíssima no braço. Assim o séquito deu uma volta pela casa noturna enquanto a aniversariante recebia os aplausos da multidão. A garota deve ter alcançado o sonho do Roberto Carlos: ter um milhão de amigos – se bem que com cerveja grátis isso não deve ser difícil.

Finalmente, ela desceu do trono. Enquanto dançava, hordas de seguranças protegiam-na de qualquer aproximação masculina: ordens do pai, "nenhum menino toca nela". Lá pelas tantas, o cantor preferido da moça brindou-a com música, coreografias e beijinhos nas mãos. Você acha que acabou? Não! Papai chamou a filhinha para ver uma surpresa lá fora: uma BMW tinindo de nova. "É sua, mas nenhum homem pode entrar nela!"

Então, uma nota destoou no sonho da falsa Cleópatra: correu a notícia de que um casal de namorados estava transando lá dentro. A garota – atenção, 18 anos ela fez! – surtou. Saiu correndo escada acima, babando de ódio, a fim de acabar com a alegria dos dois: "Que falta de respeito, transando na minha festa, vou botar eles pra fora já!" Não poderia mandar um segurança fazer isso? Claro que não... Pois eu aposto que ela daria trono, cantor famoso, vestido com cristais Swarovski, guerreiros marombados e BMW só para trocar de lugar com a menina que estava num cantinho transando com o namorado.

O final do programa é o seguinte: "Papai faz tudo o que eu quero. A minha foi a melhor festa do ano, deu tudo certo!"

Deu tudo certo? Um programa enlatado, com uma moça digna de pena, excitando a ideia já suficientemente inchada entre nós de que você vale o quanto seu cartão de crédito pode comprar? Não acho que programas estúpidos não devam ir ao ar, sou contra a censura, incluindo a censura de programas estúpidos, afinal eles, ao menos, propiciam algum tipo de discussão, contra ou a favor. Portanto, é válido que um programa desse naipe seja veiculado, mas é válido que ninguém o execre? Eu, pelo menos, estou fazendo a minha parte.

O fundamental, porém, se esconde. Quando se varre o escapismo, a ostentação, a futilidade desse programa, o que salta aos olhos é apenas uma única e simbólica frase: "Sem uma cobra viva, não vai ter a menor graça." Não é preciso ser um Freud para perceber que a proibição do pai de que nenhum (outro) homem se aproxime está deixando aquela garota à beira da histeria. O desejo pode encontrar os mais incríveis obstáculos, mas ele sempre dá um jeito de vir à tona. Através de um ato falho, de um sonho ou de um acessório bizarro numa festa, ele mostra sua cara. Realmente, sem uma cobra viva não iria ter a menor graça.

♥ Interpretando os sinais masculinos

Mulher adora interpretar os sinais que os homens nos dão: é um fato. Quase nunca esses sinais têm o mesmo significado que nós damos a eles: outro fato. No intuito de estabelecer alguma razoabilidade no jogo romântico, lá fui eu fazer extensas pesquisas em mesas de bar (considerando que eu não bebo, sim, meus dados são bastante confiáveis).

Você adivinha o resumo da ópera? Lá vai: não interprete os sinais masculinos. Não faça isso, é pura perda de tempo. Não existe nenhuma lógica nos sinais que eles nos dão. Esses sinais e seus significados mudam conforme a direção dos ventos – nem mesmo essa comparação é precisa, porque ventos obedecem a leis físicas, razoáveis, compreensíveis, enquanto os sinais que os homens nos dão...

Se ele te convidar para conhecer a mãe, por exemplo, isso não quer dizer rigorosamente nada. Talvez ele apenas esteja sem grana para o cinema e tenha escrúpulos suficientes para não pedir que você pague tudo, incluindo pipoca e estacionamento.

Se ele te levar para dormir na casa dele, isso também não quer dizer nada. Ele pode ter uma terrível insônia que se agrava em lençóis estranhos e, em nome do sexo pela manhã (uma das modalidades eróticas mais estimulantes), resolveu te levar para o ninho dele.

Atender o celular no viva-voz do carro não significa coisa alguma. O gajo pode abortar ligações suspeitas, além disso, talvez ele esteja tranquilo porque a outra foi para a Antártida colher amostras de gelo para a posteridade – ou será que a outra é você?

Os amigos dele saberem seu nome, repito, não quer dizer nada. Desde a estagiária que ele traçou no carro após uma festa da empresa até sua ex-noiva, a todas os amigos dele podem conhecer pelo nome e, se bobear, até pelo sobrenome. Se houver duas ou mais Andréas, você pode ser conhecida pelo seu nome completo, não porque ele te ama, mas porque, além de você, existem a Andréa Pinheiro Lima, a Andréia Murtosa e a Andréa Motta Mello.

Te mandar uma música romântica pelo e-mail e depois colocar em destaque no MSN um trecho dessa canção não significa nada. Ele pode ter mandado a mesma música para dez mulheres e agora agrada todas de uma vez.

Só tem uma coisa que, ao que tudo indica, parece ser um sinal de significado incontestável. Se ele te der comida na boca, prepare-se: você vai levar um fora. Quando o homem fica te oferecendo tudo o que ele come, se ele faz questão de te inflar com mimos gordurosos, se ele olha meio sem graça para você e estende o Ovomaltine com cara de "tome, por favor, tome", seus dias estão contados. Ele não sabe o que fazer com você e, na falta de colhões para lhe dar o fora, te estende um pedaço de torta de limão ou uma garfada de carpaccio. Estou errada, você diria, afinal, no filme *9 1/2 semanas de amor*, Mickey Rourke enche Kim Basinger de comida por pura safadeza. É, safadeza e... antecipação de um chá de sumiço, afinal, um cara transar com você sem tirar o sobretudo é sinal de que ele não quer se desnudar na sua frente, nem estabelecer qualquer tipo de intimidade, não quer se entregar e... oh, não, estou interpretando os sinais de novo!

♥ Terminar um namoro

Dar um fora é desagradável. Receber um fora é desagradabilíssimo. Até aí estamos de acordo.

Falta de consideração. É isso o que dizem a respeito de quem dá um fora por telefone, MSN ou e-mail: que falta de consideração! Vamos, então, colocar o ultraje de lado e examinar o assunto.

Se você chegou à conclusão de que não quer mais permanecer numa relação amorosa com aquele gajo ali, o que pode fazer com que você mude de ideia? Nada. Ameaças podem te amedrontar, lágrimas podem te comover, pedidos desesperados podem te constranger, mas nada disso terá a capacidade de mudar seus sentimentos para com aquela pessoa. Se você se sentir intimidada, pode, a contragosto, ceder o seu desejo de separação e esticar um pouco mais um relacionamento que já está agonizante – atitude perversa para ambos. Então, se basta que um dos dois não queira continuar para que o romance, em sua essência, esteja acabado, se o fim, portanto, se tornou inevitável, qual a utilidade, a verdadeira utilidade, de exigir que o fora seja dado olho no olho?

Em duas palavras: constrangimento e vingança. Nesse momento, o outro quer te forçar a permanecer na relação, mesmo que essa não seja a sua vontade; nessa hora, ele (ou ela) quer afastar a dor pungente do abandono a qualquer preço. Caso você finque o pé e insista em cair fora, aí entra a vingança. Cara a cara, ele tentará fazer com que você se sinta mal o suficiente, culpada o suficiente, calhorda o suficiente para não dormir bem, pelo menos, naquela noite. Ele precisa te impor nem que seja um naco do sofrimento que o atinge. Ah, o amor não é mesmo lindo?

A tal consideração, o tal face a face, que se evoca ao terminar um namoro esconde os desejos reais daquele que está prestes a ser abandonado: em primeiro lugar, retardar o abandono com qualquer arma que esteja ao seu alcance e, se isso falhar, expor seu sofrimento como forma de vingança.

Eu não sei os outros, mas eu, quando vou levar um fora, prefiro mil vezes estar atrás de um computador a encenar em carne viva o monólogo da minha humilhação. Nesse caso, o espectador, o único que me interessa, jamais me aplaudiria no final.

♥ Bonita e gostosa!

Conselhos, via de regra, são inúteis (sobretudo os desta escriba), mas há alguns que ultrapassam a inutilidade e chegam a irritar. Você está largada no sofá no maior bode: levou um fora, perdeu o emprego, brigou com a família, precisou sacrificar seu cachorro, tanto faz o motivo, o fato é que você está triste. Aí alguém aparece do nada (na TV, no rádio, na sua porta, ao telefone, no MSN) e tem o desplante de te mandar pôr uma música bem alegre e sair dançando pela sala: "Faça isso e você se sentirá outra!"

Ô cara-pálida, desde quando quem está triste vai ter ânimo para colocar um sambão e sair sacolejando por aí? É o humor do momento que dita a música, não o contrário. Quando estou triste – viva o nosso direito ao mau humor, à tristeza e a passar uns dias na caverna – eu coloco uma música tão triste quanto, choro, me encolho, deságuo, uivo, e, aí sim, vai entender por quê, eu melhoro. Você assistiu ao filme *Magnólia*? Para mim, o CD com a trilha sonora do filme é puro dreno de dor: coloco e choro, choro até ficar com dó de mim (sem calmante, excitante e um bocado de gim). Uma hora depois, eu me ergo. Mas alto lá: nada que chegue ao ponto de sair, na sequência, dançando B-52's!

Agora, quando você está numa boa, ouvir uma canção alegre é um tremendo prazer! Incluí "Perigosa" das Frenéticas na trilha sonora das minhas caminhadas. Ah, sim, eu tenho esteira em casa – e não a uso como cabide. Mais do que usá-la para caminhar, eu danço sobre ela. Pareço uma doida varrida: por que você acha que prefiro me exercitar em casa?

"Perigosa", você conhece: se fosse um campeonato, seria o *ultimate fight* de autoconfiança feminina. Essa letra é mil vezes mais eficiente do que qualquer livro de autoajuda: claro que, também como qualquer livro de autoajuda, não funciona quando você está no fundo do poço (aquele lugar infecto em que só cabe uma pessoa, às vezes meia). Enfim, as Frenéticas acertaram na pupila da mosca quando gravaram essa canção de Rita Lee, Roberto de Carvalho e Nelson Motta.

Para não dizer que estou exagerando, experimente cantarolá-la agora em pensamento (se você estiver legal) e depois saia por aí com o nariz mais empinado que foca de circo. Preparada? Então manda pau, DJ Etéreo!

"Eu sei que eu sou bonita e gostosa e sei que você me olha e me quer, eu sou uma fera de pele macia, cuidado, garoto: eu sou perigosa! Eu tenho um veneno no doce da boca, eu tenho um demônio guardado no peito, eu tenho uma faca no brilho dos olhos, eu tenho uma louca dentro de mim! (...) Eu posso te dar um pouco de fogo, eu posso prender você, meu escravo, eu faço você feliz e sem medo, eu vou fazer você ficar louco, muito louco, muito loucooooo: dentro de mim! Muito louco, louco dentro de mim!"

Yeah!!!

♥ **O entulho do passado**

Só há duas maneiras de viver e, por consequência, apenas dois tipos de pessoa no mundo: o tipo que se acorrenta ao passado e o que se projeta rumo ao futuro.

Este raciocínio (uma daquelas minhas teorias de bar) me alcançou ao refletir sobre o hábito que tenho de não acumular coisas, de guardar apenas o essencial, como documentos e alguns poucos itens afetivos. Parei para pensar se eu estava errada, se estava sendo imprudente em relação às necessidades futuras, afinal, nunca sabemos se vamos precisar daquele sapato marroquino cujo pé solitário encontramos numa arrumação, já que o outro, temos certeza, está por aí em algum canto. Pensei, pensei e cheguei à conclusão de que eu não estou errada: mesquinharia atrai mesquinharia.

Pessoas que pautam sua vida pelo passado mantêm tralhas, acumulam trapos, valorizam quinquilharias inúteis, se recusam a doar uma camiseta que seja, não se desfazem de uma minissaia de couro porque um dia – ah, sim: um dia! – sua filha poderá usá-la. Como um carro de noivos que sai da igreja arrastando latinhas, essas pessoas carregam o peso extra dos seus entulhos. O mais curioso é que a ideia de se livrar desse entulho não causa uma sensação de liberdade, mas, ao contrário, faz com que elas se sintam inseguras.

Antes fosse apenas o lixo físico que se recusa a sair de cena... Há também o lixo emocional que se acumula em pilhas mais altas que o Himalaia. Há comportamentos dos quais não se abre mão mesmo sabendo que eles, postos em prática, só causam dor e sofrimento.

Uma cabeça que se mantém evocando constantemente o passado consegue construir um futuro? Ainda mais: consegue construir um futuro com alguém? E mais ainda: consegue construir um futuro romântico com alguém em bases novas e talvez mais felizes? Ou essa pessoa vai repetir os mesmos passos, manter os mesmos comportamentos e, por consequência, alcançar, mais uma vez, para sua própria decepção, os mesmos resultados?

Passado, para mim, serve para escrever livros e extrair lições. Não, eu não quero um pé do sapato marroquino que um dia talvez me seja útil quando eu encontrar o outro pé. Eu vou me desfazer dessa inutilidade e trabalhar para comprar um novo par de sapatos marroquinos, caso um dia eu precise de um. Esta é a energia que eu quero lançar ao meu redor.

A luz não pode entrar num quarto cheio de entulhos (parece óbvio, mas não é). Talvez a luz nem chegue perto desse quarto, talvez ela fique ressabiada ao sentir o cheiro rançoso de um espaço tão ocupado, tão repleto de tudo que não é luz. De qualquer maneira, há apenas dois e não mais do que dois caminhos a escolher: ou abrir espaço para a luz entrar ou continuar arrastando latas vida afora.

♥ Sexo entre amigos

Um dia lá estava eu, no canto de uma festa, cabisbaixa. Tinha acabado de levar o fora e ser substituída por uma mulher tão feia, mas tão feia que nem Picasso conseguiria reproduzir devidamente suas assimetrias. Então um amigo se sentou a meu lado e pegou na minha mão. Eu me lembro da primeira coisa que disse a ele:

– Parece que enfiaram uma faca no meu estômago.

E, naquela noite, ele tirou a tal faca de mim. Tirou magnificamente, como só um grande amigo poderia fazer. Eu nunca disse obrigada – que coisa feia.

Quando o assunto é sexo entre amigos, cada um tem sua opinião. Uns são a favor, outros, contra, uns dizem que a amizade acaba, outros, que continua, uns se casam com amigos e acham a melhor coisa do mundo e outros ainda juram que não há decepção mais amarga do que uma amizade que degenerou em romance infeliz. Quem está com a razão, afinal? Todo mundo. Em matéria de gente, tudo pode acontecer e, creia, tudo acontece mesmo.

Existe, porém, uma regra que ajuda a prevenir possíveis relâmpagos e trovadas. E é tão simples, mas tão simples que até surpreende. Essa panaceia se chama conversar. É, conversar! Se vocês repararem, todo casal que se dá bem – seja amigo, colega, namorado, ex – conversa bastante. Troca ideias, bate-papo, desabafa. Não deixa nada entalado na garganta, não desvia o assunto, não fica emburrado resmungando pelos cantos.

A pior coisa que pode acontecer é você ter algo com seu amigo, se apaixonar e não dizer a ele. Numa certa noite, um vinho aqui, uma disposição diferente ali, uma mão na coxa acolá e pronto. Quando amanhece, tudo está como era antes, menos você. Passa-se uma semana e ele aparece com uma novidade: a ex-namorada está voltando de Estocolmo e isso o balançou. Dias depois, ele liga e conta, em detalhes, como foi o reencontro com ela. No mês seguinte, vocês vão tomar um café porque ele está na dúvida se larga tudo e vai para a Suécia com a fulana. E você lá, com cara de paisagem, bancando a amiga enquanto por dentro está aos pedaços. E tudo por quê? Porque não conversou, não foi sincera, não disse o que sentia. Por medo de perder a convivência com o alvo do seu amor, você prefere continuar no papel de amiga por fora quando não é mais apenas uma amiga por dentro. Abrir o jogo pode resultar numa grata surpresa. Pode também causar dor, mas é sempre melhor do que fingir só para continuar por perto – afinal, quem vive de migalha é pomba.

O que acaba mesmo com qualquer amizade não é o sexo, mas usar o outro, não ser franco, atiçar e cair fora, fazer falsas promessas, fingir que nada mudou, quando mudou. Está certo que amigo de verdade não faz essas coisas, mas nós somos um poço de contradições. Atire a primeira pedra quem nunca magoou um amigo. Em matéria de gente, tudo pode acontecer e, creia, tudo acontece mesmo. Ainda bem.

♥ Solidão romântica

Não se preocupe: eu não vou ficar discorrendo sobre a solidão romântica como se ela fosse uma tese de doutorado nem dizer que você precisa se amar para nunca se sentir sozinha (se o George Clooney te amasse também não seria nada mal, não é?). Da mesma forma, jamais direi que a falta que você sente do amor de um homem pode ser suprida pelo amor a Deus, seus amigos ou seus animais de estimação. Por quê? Porque isso seria a mesma coisa que afirmar "quando você tiver fome, tome um banho": são necessidades diferentes!

Eu tenho náuseas quando alguém me diz, "Ora, por que você está triste? Você tem uma filha linda!" Sim, eu tenho uma filha linda que amo profundamente – e o que isso tem a ver com a dor de levar um fora? Posso chorar ou estou proibida pela patrulha do politicamente correto? Será que certos autores de livros de autoajuda vão me fuzilar num paredão por eu afirmar que não podemos substituir uma necessidade por outra?

A pílula da felicidade que eles não cansam de nos vender não passa de um placebo. A necessidade de algo que transcenda a matéria não pode ser substituída por uma ida ao shopping (e vice-versa) da mesma forma que o fato de alguém, como eu, ter uma filha linda, não substitui a dor que se sente ao ter o coração partido em 220 mil pedaços. Usando português claro: uma coisa é uma coisa, outra coisa é outra coisa.

Algumas pessoas apontam o trabalho voluntário como remédio para a solidão romântica. Não é. O voluntariado preenche a necessidade que temos de doação pessoal. Recomendo vivamente a manutenção dessa experiência riquíssima que abre horizontes e cria luminosas teias de simpatia. No entanto, repito, isso não substitui o roçar sedutor da barba malfeita do homem que você deseja. Da mesma forma que o roçar sedutor da barba malfeita do homem que você deseja não substitui sua necessidade de doação pessoal.

Só existe uma coisa que pode aliviar a solidão romântica: um romance. Só existe uma coisa que pode aliviar a falta que sua família faz: entrar em contato com ela. Só existe uma coisa que alivia a vontade de ter um animalzinho: adotar um. Cada necessidade no seu devido lugar, com o seu respectivo alívio. O resto é pílula da felicidade vendida por pessoas que se sentem tão sozinhas quanto eu e você – mas que têm muito mais dinheiro na conta bancária do que eu e você.

♥ Virgens tardias

Saímos de uma época doida em que a virgindade era exigida e entramos numa outra época, tão doida quanto, em que a não virgindade é exigida. Outro dia ouvi uma menina de 14 anos fazer a seguinte pergunta num programa de rádio: "As minhas amigas tiram sarro de mim porque ainda sou virgem. O que eu faço?"

Não vou reproduzir a resposta dada, mesmo porque não concordo com ela, mas dou a minha, enxerida que sou: "Meu amor, mande suas amigas crescerem. Até lá, tem uma plantação de batatas à espera delas em Jurubetana do Sul. E o mais importante: como assim, você 'ainda' é virgem? Você é virgem e ponto! Não faça o que é bom para a sua mãe, para as suas amigas, para o seu namorado ou para a sua religião: apenas o que é bom pra você. Tenha 14 ou 40 anos, você tem todo o direito de ser virgem – se é o que deseja – e ninguém tem nada a ver com isso."

Se, numa hora dessas, uma menina já sofre pressão, imagine uma mulher feita. É um constrangimento atrás do outro. Até eu perder a virgindade, quase aos 23, ouvi coisas do tipo: "Você tem algum problema psicológico? Trauma? Fobia? Neurose? Ou é problema físico mesmo? Doença? Infecção? Peste?"

E lá ia eu dizer, mais uma vez: não encontrei a pessoa certa. Ao que me respondiam: a pessoa certa não existe. Mentira. Existe, sim. Pelo menos a pessoa certa para aquele momento existe, e ela pode permanecer um dia ou uma vida inteira a seu lado.

Em outras palavras, tudo bem ser criteriosa (aliás, devemos ser sempre criteriosas, não só na primeira noite), o que não pode é cair no exagero e ficar esperando o Thiago Lacerda pousar de paraquedas no seu quintal. O prazer, as estrelas, os fogos de artifício e mais o que você quiser talvez estejam na padaria da esquina, na festa de aniversário do seu primo, na fila do cinema ou, como no meu caso, no assento 17 de um ônibus rumo à praia.

Virgens tardias podem ter escolhido sublimar a sexualidade, podem carregar feridas tão grandes que as imobilizam, podem não se sentir maduras ou apenas não ter encontrado um cara legal, os motivos não importam. Vamos respeitar.

Eu não estou aqui defendendo a virgindade; defendo, sim, o direito de mulheres adultas não serem vistas como aberrações apenas porque nunca fizeram sexo. Ou porque decidiram, por motivos particulares, nunca mais fazer. Ou ainda porque decidiram, também por motivos particulares, não fazer durante um longo e indeterminado período. Minha insistência nos "motivos particulares" é apenas para lembrar algo que deveria ser óbvio: ninguém tem nada a ver com o que uma mulher adulta faz com sua vida sexual. Ou com o que ela deixa de fazer.

♥ Paixão não correspondida

Acabei de desligar o telefone. Estou pasma: a ligação foi, no mínimo, curiosa. Uma conhecida – e sabe-se lá como ela conseguiu meu número – depois do "oi, como vai, tudo bem, que ótimo", disparou:

– Você sabe se a Adriana está namorando o Paulinho? Por favor, Stella, não me esconda nada!

Como assim, "não me esconda nada"? A Adriana é minha amiga, bem como o Paulinho – e essa moça, a quem chamarei de Maria, sabe disso. Na verdade, eu também sei algumas coisas sobre ela.

Há oito anos Maria conheceu Paulinho, se sentiu toda tremer, toda perturbar, encasquetou que ele era o homem da sua vida e que aquele amor seria imortal, posto que não era chama. Paulinho jamais olhou para Maria com lubricidade ou deu a ela qualquer esperança romântica, sou testemunha disso. Gentil por natureza, ele costuma tratar a todos com educação e carinho. Raspas e restos não me interessam, mas pelo visto Maria briga, mata e morre por eles.

Após muitos ais e palpitações, finalmente, ela se declarou. Cartas na mesa, nenhum coringa: Maria ama Paulinho que não ama Maria e ponto final. Não tem "mas", não tem "e se", não tem "quem sabe": ele não a ama, tampouco a deseja, caso encerrado.

No entanto, Maria continuou – e continua – obcecada por Paulinho a ponto de paralisar a própria vida se mantendo fiel a um romance que nunca existiu; a ponto de gorar com achincalhes, lágrimas e macumbas todo e qualquer relacionamento que Paulinho tenta engatar, a ponto até de ligar para mim com ares de esposa traída: não me esconda nada! Maria não sabe (não quer saber) que ela não é importante a ponto de motivar um segredo. Paulinho não está namorando Adriana: existe um troço chamado amizade que às vezes acontece entre homens e mulheres.

Fico boquiaberta ao ver não apenas Maria, mas tantas outras pessoas estacionadas numa paixão não correspondida. Não adianta assobiar e fingir que esse assunto não lhe respeito: isso já aconteceu comigo, com você e com o resto dos humanoides. Então, o que faz com que isso ocorra? Mil possibilidades. Uma delas, porém, me assalta agora. Faça o teste e veja se te parece plausível: lembre-se de algum momento-Maria seu e perceba se o gajo em questão possuía qualidades que você gostaria de ter. Simples assim: eu quero ser daquele jeito, eu quero ter o que ele tem, eu me apaixono tresloucadamente. Não pelo cara, é claro, a quem mal se conhece ainda, mas pelo que ele representa.

Talvez se dar conta desse processo ajude a dissipar a paixão tresloucada, talvez não. Eu só sei de uma coisa: Maria diz que seu amor é verdadeiro, eterno, puro. Pois se é assim, eu quero mais é me refestelar num amor bem falso e bem sujo a vida inteira!

♥ Quem vive de migalha é pomba!

Ontem, ao sair de um prédio cuja calçada está sendo reformada, eu vi uma cena pavorosa: entre argamassa e cascalhos, três pombas famintas atacavam um montinho de terra. Não havia minhocas, milho, pão ou pequenas moscas ali, eu cheguei perto para olhar: as pombas estavam comendo terra!

Por que essa visão foi pavorosa para mim? Porque eu costumo dizer que, em matéria de relacionamentos amorosos, quem vive de migalha é pomba. Essa frase ajuda a manter o amor-próprio, a enxergar nosso valor e a não aceitar o naco de miolo de pão que um homem deseje nos oferecer.

Pois é, mas as pombas já estão comendo terra! Será que o mundo romântico se tornou tão árido que as migalhas de outrora se transformaram no nosso ouro? Se um homem que te interessa não te elogia, não faz um agrado, sequer aparece, mas te liga toda semana para manter o contato ativo (leia-se em português claro: poder sair com você quando as opções a, b e c da agenda dele tiverem roído a corda), você deve fechar os olhos, engolir em seco e fingir que isso te sacia? Ou se ele aparece uma vez por mês para uma rapidinha (mesmo que não seja tão rapidinha assim), você deve fingir que o cheiro de homem que ele deixa nos seus lençóis – e que dura algumas horas, não mais – é suficiente?

Há uma canção do U2 "One", cuja letra diz "você não me deu nada e agora isso é tudo o que tenho". Quando eu me via nessa posição, de não receber nada além de migalhas e isso ter se transformado em tudo o que eu tinha, por mais que doesse (e doía um rio fedido de dor) eu preferia olhar no olho do demônio e fazer a mais horrenda das perguntas: "Afinal, você quer ou não ficar comigo para valer?"

Não é fácil, não é agradável, mas é útil. Há homens que não querem ser amados, que não se interessam por você o bastante, que são gays, que têm medo (sim, senhora: isso não é lenda urbana) ou que já namoram – e se constrangem em admitir isso porque, nesse caso, posariam de completos canalhas.

Algumas pombas podem até comer terra para sobreviver, mas eu insisto no meu mantra: quem vive de migalha é pomba e, definitivamente, nós, mulheres, não gorjeamos.

♥ Apimentar a relação

Já faz tempo que as coisas entre você e seu querido andam mornas debaixo dos lençóis – e em cima deles também. Como você não é mulher de se contentar com amorzinho meia-boca, resolve dar um jeito nisso.

Compra um corpete vermelho, um par de meias arrastão, tira do armário seu salto agulha e o espera em pé, no corredor. Uau! Vocês rolam no chão. Porém, dois minutos mais tarde sua bunda começa a formigar de frio por causa do piso de lajotas.

Mas você é uma mulher decidida. E arrasta o rapaz para o chuveiro, com direito a esquecer a campanha sobre o nível de água nos reservatórios públicos. Você nunca tinha notado como seu boxe é pequeno até ficar, no dia seguinte, com o corpo cheio de hematomas – hematomas mesmo, não chupões.

Mas você é uma mulher de atitude. Então propõe a ele ir a um motel: piscina, cachoeira, teto solar, colchão de água Perrier. Você entra na suíte, arranca as roupas e pula na piscina para uma conjunção explícita de carnalidade. Lá pelas tantas, você começa a ficar ardida. É que a água, excessivamente clorada, não foi bem aceita por sua vuvuzela. Resultado: dez dias de creme vaginal.

Mas você não desiste. Apronta as malas e leva o gajo para uma praia deserta. Por ser deserta, demora-se um pouco para chegar lá, mais precisamente quatro horas de carro, três de jipe, duas de trilha e uma de pântano. É, tem um pântano perto da praia. Mas o que significam pés machucados para um casal que se ama? Vocês deitam na areia branca, à beira da água morna, sob o céu estrelado e a coisa começa a esquentar. Seu querido te penetra. E dois grãos de areia penetram junto com ele. Dez grãos. Um punhado. É que você esqueceu de pôr a toalha sobre a areia! Borrachudos e pernilongos picam suas pernas. É que você esqueceu o repelente! Lá se vão mais dez dias de creme vaginal e um tubo de pomada antialérgica.

Mas você é incansável. E insiste, transando em carros, estacionamentos, banheiros de restaurante, elevadores. Todos os lugares, porém, têm lá os seus inconvenientes.

Exausta, você desiste. Então, ao transar com o homem que você escolheu, em vez de mil estripulias, você apenas fecha os olhos. É aí que algo incrível acontece! Você conseguiu tudo o que precisava para o sexo ficar muito quente: você se entregou.

♥ Intimidade tem prazo de validade

Ontem aconteceu uma das coisas que mais detesto. Cinco da tarde, estou mergulhada na construção de um novo livro enquanto minha filha dorme em cima da sua ovelha de pano. O telefone toca. Não vou até a sala para olhar no identificador de chamadas, apenas atendo rapidamente para não acordá-la.
— Alô.
— Por favor, a Stella está?
— É ela.
— Oi, sabe quem é?
— Não.
— Adivinha.
— Não sei.
— Adivinha, vai!
— Não vou adivinhar. Quem é?
— Ah, será que você já esqueceu minha voz?
— Ou você fala quem é ou eu vou desligar.
— Você não faria isso comigo...

Desligo na mesma hora. Acho falta de educação, de senso, de desconfiômetro esse papo de "você não se lembra de mim?". Essa frase, aliás, deveria ser banida do planeta. É pura violência alguém forçar uma intimidade que não existe ou que não existe mais. Ex-namorados, ex-ficantes, ex-casos-de-uma-noite, ex-amigos não têm o direito de nos abordar com um falso tom íntimo. Se houve uma ruptura, não há mais intimidade.

O telefone toca de novo.

— Alô.
— Você, hein?
— Quem é?
— Não é possível que você não saiba.
— Por favor, diga seu nome ou eu vou desligar.
— Pensa bem, você costumava gostar da minha voz...

Desligo de novo. Que coisa desagradável! O telefone volta a tocar.

— Alô.
— Eu não sabia que o tempo tinha te transformado em uma pessoa mal-educada.
— Falta de educação é ligar para os outros e não se identificar.
— Você deve ter namorado muitos homens para não se lembrar da minha voz.
— Pelo visto eu não era muito seletiva.
— Eu pensei que não precisasse me identificar para uma ex-namorada.
— Quem é que está falando, hein?
— Alguém que te conhece bem.
— Conhecia.

Desligo mais uma vez. Gosto de aproximações. Gosto que leitores me escrevam ou venham falar comigo. Gosto que ex legais apareçam para uma visitinha. Gosto de reencontrar amigos que não vejo há séculos. Gosto de fazer novos amigos. Basta para isso que eles se identifiquem ao telefone ou por e-mail. É pedir muito?

Triiim. E lá vamos nós de novo.

— Alô.

— Só liguei para dizer que não vou ligar mais, você não merece.
— Que ótimo.
— Estou decepcionado.
— Se eu soubesse quem é você, talvez eu sentisse muito.
— Não vou dizer quem sou eu. Você que fique na curiosidade porque...

Desligo. Levanto da cadeira e vou até a sala olhar no identificador de chamadas. Pego minha agenda velha. Os prefixos se alteraram em São Paulo. Com dez minutos de paciência, já sei quem é. Que coisa feia, rapaz: vá aprender regras de etiqueta e não meta mais ninguém em saia-justa. Ser íntimo tem prazo de validade. E o seu está vencido.

♥ Nada passa

Onze da noite. Toca o telefone. É uma amiga, arrasada depois de levar o fora do namorado.

– Ele parecia uma pedra de gelo, Stella, acabou tudo. Está doendo tanto...

– Ah, querida, não fica assim: você vai superar esse cara. Vai passar!

Depois de uma hora, desligamos. Vesti meias de lã. Tomei um copo de chá. Devolvi livros para a estante. Guardei a roupa passada. Fiquei assim, indo de um canto para outro sem saber exatamente o que me atormentava. Então, a ficha caiu.

É mentira. A maior mentira que nos contaram – e que nós, piamente, acreditamos – é essa, a de que tudo passa. Nada passa. Passa coisa nenhuma.

A gente aprende a viver com as escaras, aprende a colocar unguentos nos talhos fundos, conhece outras pessoas que são como bálsamos sobre as nossas feridas, mas elas, as sanguinolentas, as danadas, as malsãs, elas não passam. Uma mulher é uma chaga sempre aberta. Um homem é uma ferida sempre exposta. Nada passa.

Sentimentos? Eles se transformam em outros sentimentos, mas não passam. As pessoas que você amou, nunca te causarão indiferença: sua única certeza é que você sempre vai sentir algo quando as encontrar. As pessoas que te menosprezaram, te usaram ou simplesmente te rejeitaram, continuam, cada qual com sua adaga, perfurando seu amor-próprio, dia após dia, umas mais, outras menos.

Somos todos, homens e mulheres, mestres no fingimento, na dissimulação, no recalque, mas a verdade é que nada passa. Por isso você vê uma mulher histérica ao pegar uma cebola podre no supermercado, por isso você vê o homem agindo como um primata no trânsito, por isso seu chefe estoura sem razão, por isso você teve uma crise de choro durante aquele filme que nem triste era, por isso as pessoas têm chiliques inexplicáveis: porque nada passa e nós precisamos de válvulas de escape.

Fica sempre um pouco de tudo, escreveu Drummond, às vezes um botão, às vezes um rato. Se você me vir tendo um chilique ao pegar uma cebola podre no supermercado, já sabe o que é: são as cócegas malditas dos meus malditos ratos. Porque tudo muda, mas nada, nada passa.

♥ Mulheres também somem

Um homem com quem você está saindo te convida, em pleno sábado, para ir à casa dele, dormir na cama dele, tomar café com ele na manhã seguinte (talvez não tão de manhã assim, afinal coisas acontecem quando um homem e uma mulher acordam juntos e nus). O encontro é amplo, é íntimo e deve durar umas 12 horas. Maravilha, você pensa.

Você se anuncia no interfone, algo parece errado, o porteiro demora, dois, três minutos e você lá, parada feito um dois de paus. Finalmente, o estalo eletrônico. Lá em cima, a porta do apartamento 122 está aberta, você entra, mas permanece no vestíbulo à espera de algum sinal dele. E lá vem o rapaz pelo corredor, sorridente, sem camisa, vestindo apenas bermuda e chinelos. Talvez, com aqueles trajes sumários, ele quisesse mostrar a imensa tatuagem tribal nas costas e a outra, menor, na panturrilha, mas o fato é que vocês não namoram há duzentos anos, vocês sequer namoram, e ele te recebe – se é que se pode chamar uma porta aberta de recepção – em trajes absolutamente brochantes, depois de ter te deixado cinco minutos esperando na rua. Começou mal.

A criatura te beija e beija e beija ali mesmo, em pé, e você só consegue pensar que ele deve estar há mais de quatro horas sem comer nada, pois seu hálito não é dos melhores. Quando ele te solta você está zonza, não de tesão, mas de falta de ar. De bom ar.

Uma vez na sala, você se limita a cavar, no sofá, uma vala entre almofadas e colchas a fim de se sentar timidamente. Você espera que ele tenha preparado algo para motivar uma boa conversa (talvez um CD, um filme, um vinho), porém a coisa cheira mesmo é a *fucking delivery*.

Na cama, os lençóis são os mesmos de ontem, talvez os mesmos de uma semana atrás, você pode dizer pelo cheiro de pele velha que exala deles. Para coroar a noite, ele comete um pecado gravíssimo: antes mesmo de tirar sua roupa, pede que você o chupe. Homens, amores das nossas vidas, chupar não é coisa que se peça. A gente pode não estar a fim e, nesse caso, vocês levarão uma negativa no meio das fuças ou terão uma mulher chupando vocês com a mesma vontade com que um participante de *reality show* engole um olho de cabra. Não peçam, nunca: quando a gente quiser, se a gente quiser, a gente faz – e aí faz bem gostoso.

Você, que já passou da fase da submissão faz tempo, finge que não ouviu o pedido do gajo. Ele insiste. Você desconversa. Ele insiste de novo. Você diz "mais tarde" para não ser grosseira, mas ele não se dá por satisfeito. Em algum lugar te disseram que quando um homem diz "não" é o fim da conversa e que quando uma mulher diz "não" é o início da negociação. Pois, com você, não: podem transferir essa regra para a longínqua terra de Marlboro. Você se levanta, sacode os cabelos e vai embora.

No dia seguinte, e no outro e até hoje ele continua te procurado e você continua não atendendo aos seus telefonemas. Sim, mulheres também somem – sobretudo se a delicadeza sumiu muito, muito antes.

♥ Ficar sozinha

Epifania, segundo o dicionário, é uma iluminação divina, um esclarecimento instantâneo, uma compreensão que te atinge como um raio. Bem, eu tive uma epifania ontem e não foi exatamente assim – e, como a epifania é minha, eu a explico como bem quiser.

Alguns amigos estavam em casa, havíamos acabado de assistir a um filme. Enquanto eles esperavam o táxi que levaria todos embora (criaturas conscientes que dividem o táxi após beberem duas garrafas de vinho), eu me sentei em posição de lótus no sofá e comecei a fazer cafuné em um deles, a quem chamarei de Mr. Q. para que sua existência não pareça um tanto irreal e, ao mesmo tempo, sua identidade seja preservada.

Sempre considerei comparações do tipo "o que você prefere: sexo ou chocolate?" absolutamente imbecis. No entanto, foi inevitável comparar itens mais próximos: fazer cafuné em Mr. Q. me deu mais estofo emocional do que minhas últimas, sei lá, dez transas. Por um simples detalhe: havia carinho legítimo ali. Claro que o prazer sensorial também continha tesão, contudo ele era um componente ínfimo se comparado ao carinho.

Foi então que a epifania desabrochou, coisa que só pôde acontecer por ter ela amadurecido o suficiente dentro de mim. Sacadas realmente profundas não se dão de forma súbita: elas se elaboram por sob a pele, ossos, veias, às vezes por anos a fio.

Esses *insights* parecem pular súbitos e desconexos como rãs de Belleville, contudo não há nada que tenha uma gestação mais longa e estruturada do que uma epifania.

Eis a iluminação que serpenteou até a superfície e eclodiu por conta de um cafuné: eu quero ficar sozinha. Sabe quando você toma um vinho barato por tantas vezes que não sabe mais o que é um vinho de qualidade? Sabe quando você se apaixona e desapaixona tanto que passa a considerar o processo como nada além de uma cansativa pantomima? Não estou dizendo que os homens que tive nos últimos anos não passaram de vinhos baratos, de modo algum: meu afeto por eles é que não foi além de uma cachaça de cadeia, embora eu tenha mentido com muita competência – sobretudo para mim. E agora não há nada que eu queira mais do que ficar sozinha, em silêncio no fundo do mar como ostra a gerar uma pérola. Por perto, só meus livros, meus amigos e talvez os cabelos de Mr. Q.

♥ Namorado *versus* amigos

Uma amiga sua começa a namorar e, como que por encanto, desaparece. Passa-se um mês, dois, três. Você pergunta sobre ela aos amigos em comum e ouve, de todos, a mesma resposta: "Sabe como é: namorado novo..."

Você já viu esse filme? A paixão romântica é mesmo avassaladora: quando entra em cena não deixa espaço para mais nada e ninguém. Amigos? Família? Trabalho? Fica tudo em segundo plano, ainda que temporariamente.

Mas a paixão vai embora rápido, o amor se instala profundo (num cenário positivo) e é aí que se tem de voltar a ir ao cinema com os sobrinhos, voltar a se dedicar a algo que transcenda e equilibre, voltar a fazer novos projetos de trabalho, voltar a encontrar os amigos. E quanto antes, melhor.

Verdade que há mulheres que cortam os amigos de sua vida de vez por exigência do parceiro. Quem se submete a um namorado ciumento, inseguro ou infantil, daqueles que exigem exclusividade doentia (o que significa "seus amigos não prestam"), vai, cedo ou tarde, cobrar essa conta do parceiro: ação e reação. Seja Amélia ou Betty, a conta vai ser cobrada através de uma crônica falta de desejo, uma irritabilidade sem razão aparente, uma chatice de velha ranzinza.

Não é possível abdicar de algo fundamental impunemente. Amor, amigos, trabalho, família são compartimentos que precisam ser constantemente regados, caso contrário começam a sugar vitalidade dos vizinhos. Se você corta os amigos da sua vida, esse compartimento fica seco e puxa umidade do que está sendo mais regado, nesse caso, o do amor. Isso significa que o compartimento-amor vai ressecar por conta dos sedentos que estão ao seu redor. Não se iluda: é impossível manter um oásis no meio desse deserto.

E não adianta fazer uma espécie de megairrigação, juntar todo mundo apenas no seu aniversário e abrir os braços. Além de haver alguns amigos que não têm nada em comum com outros, seria inútil tentar extrair de uma única noite o afeto equivalente a um ano inteiro de amizade.

Em resumo: deixar os amigos de lado por causa de uma relação romântica é um atentado contra essa mesma relação. Manter seus amigos por perto e deixar seu parceiro livre para que ele também mantenha os dele é o mínimo que se espera de um relacionamento decente. O mínimo.

♥ Por que a camisinha não sai da gaveta?

O longo corredor desemboca num salão com paredes brancas, dezenas de cadeiras antigas, dez máquinas de costura e uma comprida mesa de fórmica. Há exatos 78 anos, ali funciona um trabalho assistencial a grávidas carentes – ou seja lá qual for a forma politicamente correta de se referir a elas.

Quando minha filha nasceu, eu me senti conectada a todas as mães do mundo. Embora eu não tivesse passado pela experiência de não conseguir alimentar ou agasalhar um filho – pelo menos não nesta encarnação – eu era capaz de imaginar a dor daquelas mães. A angústia que isso gerou em mim e a culpa por me sentir privilegiada num mundo de miséria, só poderiam ser aplacadas de uma forma: trabalho voluntário. Portanto, as parcas três horas por semana que dedico à entrega de enxovais a quem deles precisa com urgência é mais egoísmo que bondade.

Não é possível ignorar que é melhor ensinar a pescar do que dar o peixe. Porém há pessoas que estão famintas a ponto de não terem forças para esperar o peixe morder a isca. Um bebê que nasce hoje, não pode esperar que sua mãe receba qualificação profissional, arranje um emprego e lhe compre um cobertor: ele precisa se aquecer agora. Dar o peixe e ensinar a pescar são ações casadas e igualmente meritórias.

As gestantes das mais variadas idades, religiões e estruturas familiares com quem conversei ao longo desses anos tinham, quase todas, informação suficiente para se prevenir de doenças sexualmente transmissíveis e da gravidez indesejada: camisinhas são distribuídas nos postos de saúde (ainda não em quantidade suficiente), cursos gratuitos são oferecidos por ONGs, a televisão – embora este não seja seu papel – educa e esclarece sobre o assunto.

Mas então o que acontece para que a gravidez não desejada, a disseminação de várias doenças, entre elas a Aids, continue a acontecer com tamanha frequência? A resposta é simples: a ponte entre a informação e a prática é frágil demais. Seu nome é autoestima.

Meninas e mulheres, não só das classes D e E, deixam de se proteger simplesmente porque precisam de amor – e precisam tanto, e precisam com tamanho desespero, que se jogam sôfregas sobre as migalhas que os homens oferecem a elas. Juízas, empresárias, executivas, também sabem o que é isso: deixar de se proteger, não por falta de informação, não por imposição de suas religiões, mas por baixa autoestima.

Todas as mulheres brasileiras precisam ter estrutura, perspectiva, carinho a fim de não rastejarem por migalhas de amor, a fim de que possam, sem medo, sem desamparo, levantar a cabeça e dizer a seus homens: "desse jeito, não". Onde houver uma mulher sem autoestima, pode acreditar, a camisinha continuará na gaveta.

♥ Fiel ao seu desejo

Ele nunca foi fiel e ela sempre soube. Ao arrumar as malas do marido para uma viagem qualquer, ela coloca camisinhas na mala: exatamente um pacote com não mais de três preservativos. Ela incentiva o cuidado num sexo fortuito, não a bandalheira de um caso fixo. Sim, até essa mulher tem seus limites.

Ele espera dela a fidelidade de cão cuja potência para perdoar é infinita e, em compensação (se é que existe uma), a cobre de mimos e carinhos. Já ela, apesar de saber e conviver com o vaivém de casos desimportantes na vida do seu homem, insiste em não ir embora. Por quê?

Há algum tempo (quando eu era mais radical quanto ao que é certo e errado no jogo amoroso), eu julgaria o comportamento dessa mulher como sendo de uma submissão repugnante ou até consideraria haver algum jogo de interesses no seu casamento. Hoje, eu ousaria dizer que o motivo de ela continuar ao lado desse homem e de se manter fiel a ele (mesmo não tendo reciprocidade) é tão simples que passa despercebido: essa mulher deseja ser fiel. Eis tudo.

Ser fiel porque o outro é, ser fiel porque sua religião diz ser o certo ou porque não se quer violar alguma cláusula contratual é fazer barganha com valores fundamentais. Suponhamos que essa mulher dissesse ao marido: "Eu serei fiel desde que você seja também. Se eu descobrir que você me traiu, eu sairei com o primeiro que aparecer." Nesse caso, o desejo dela, um desejo legítimo e natural de se relacionar apenas com seu homem, seria violentado. E violentado por ela mesma!

Perdi a conta das mulheres com quem conversei que me disseram terem traído o namorado ou o marido por vingança, não por desejo. Com uma delas tive a seguinte conversa:

– Eu não queria me sentir uma idiota, por isso dei o troco saindo com um colega de trabalho. Ele vivia dando em cima de mim e eu aproveitei para me vingar.

– E como foi transar com esse outro homem? Acabou sendo uma experiência boa?

– Não, eu me senti supermal! Fiz força para não chorar na hora, mas depois fui tomar banho e desabei. Foi horrível!

Fidelidade não pode ser uma negociação ou uma condição que existe desde que o outro também a cumpra. Fidelidade é uma opção pessoal e intransferível. Dói conviver com um desequilíbrio de intenções? Com um homem que você sabe que te trai? Muito! Doeria menos violar seu desejo para ficar no mesmo nível dele?

Essa mulher que coloca camisinhas na mala do marido me diz com um sorriso incrivelmente tranquilo, "Os sábados dele são meus, sempre meus, entende?".

Entendo. Entendo e me calo. Eis uma mulher fiel ao seu desejo de ser fiel.

♥ Até os canalhas têm sua serventia

Mulheres reclamam que os homens não querem compromisso, dizem que eles se aproveitam delas, transam e desaparecem. Oh, oh, que canalhas. E lá vamos nós para mais uma sessão "mude esse mantra, amiga!".

Por conta de um trabalho, em algumas semanas entrevistei 27 mulheres. O foco era diferente do assunto desta crônica, no entanto, nas pausas, nas risadas, nos cafés, nas entrelinhas, aquelas mulheres me deram uma visão diferente sobre os tais canalhas.

Um homem te acha atraente, se aproxima, te seduz, te leva para a cama uma ou mais vezes e some. Tire a parte final, o some. Não é bárbaro que ele tenha te achado atraente, que ele tenha se empenhado para te seduzir, que ele tenha ficado encantado contigo, mesmo que por pouco tempo, que ele tenha te desejado o bastante para transar com você? Sobretudo se ele não estava bêbado? Aposto que você já se descabelou por algum cara que, por mais que você o fizesse, não ia nem vinha. Pois é, esse aí, o tal canalha, foi. Não voltou, mas foi. E isso merece uma comemoração!

Confesso que esse ponto de vista me causou estranhamento a princípio. Nenhuma das mulheres era feia, horrorosa, medonha para pensar daquele modo, para ficar agradecida aos céus por um pênis ter se erguido em sua direção. No entanto, dois segundos depois, compreendi que, em algum momento, elas foram feias (como quase todas nós), provavelmente naquele hiato entre a adolescência desengonçada e o desabrochar completo da mulher que são hoje. E foi nesse hiato que elas aprenderam a valorizar o desejo, a simples existência do desejo.

Lembro-me da minha adolescência: eu era bem gorda (trinta quilos a mais do que hoje, e olha que eu não sou exatamente magra), minha pele, um horror (um médico-açougueiro me receitou um remédio para emagrecer que continha hormônio masculino: por pouco a barba não eclodiu), meus cabelos, um verdadeiro ninho (sem corte, sem hidratação, sem estilo), ou seja, eu era um tribufu graduado. Naquela época nem o Predador se interessaria pelo meu esqueleto e, se algum menino quisesse me dar um beijo, seria algo a se comemorar com fogos de artifício. E por que não continuar comemorando agora?

Não sei você, mas eu adorei essa ideia de comemoração. Sim, vamos celebrar! Ah, eles foram embora? Problema deles. Como canta Paula Lima: "Preparei uma roda de samba só pra ele, mas se ele não sambar, isso é problema dele."

Um pouco de safadeza faz bem: pelo menos nós lambemos os beiços. Doces mais saborosos virão.

♥ Sanatórios lotados

Existem algumas figuras que ultrapassaram seus nichos religiosos e se tornaram exemplos públicos de amor e caridade: Madre Teresa de Calcutá, Irmã Dulce, Gandhi etc.

Eu ganhei um DVD interessantíssimo. Trata-se de duas edições do programa de entrevistas *Pinga Fogo* (extinta TV Tupi), realizadas em 1971, com uma dessas figuras: Chico Xavier. O primeiro programa durou quase três horas; o segundo, pasmem, possui quatro horas de duração. E tudo isso ao vivo.

Nas inúmeras perguntas feitas ao médium, foram abordados temas como a pena de morte, planejamento familiar, amor livre (com uma surpreendente e belíssima resposta de Chico), Guerra do Vietnã e até congelamento de corpos. Um dos temas, porém, chamou minha atenção em especial: a homossexualidade. Peço licença para reproduzir parte de sua resposta:

"Não devemos desconsiderar a maioria dos nossos irmãos que estão na Terra em condições inversivas do ponto de vista de sexo realizando tarefas muito edificantes num caminho de redenção de seus próprios valores íntimos. Consideramos isso com muito respeito e acreditamos que a legislação no futuro, em suas novas faixas de entendimento humano, saberá incorporar à família humana todos os filhos da Terra, sem que a frustração afetiva venha a continuar sendo um flagelo para milhões de pessoas. A frustração afetiva é um tipo de fome capaz de superlotar os nossos sanatórios e engendrar os mais

obscuros processos de obsessão. Por isso mesmo devemos ter esperança de que todos os filhos de Deus na Terra serão amparados por leis magnânimas com base na família humana, para que o caráter impere acima dos sinais morfológicos e haja compreensão humana bastante para que os problemas afetivos sejam resolvidos com o máximo respeito pelas nossas leis e sem abalar 1 milímetro o monumento da família que é base do Estado."

A função do sexo vai muito além da procriação: a existência do clitóris, cuja única razão de ser é proporcionar prazer à mulher, é prova disso. Ele é um instrumento abençoado de felicidade, prazer, comunhão, intimidade. O sexo é o que ele realiza, assim como o dinheiro: com boas intenções é maravilhoso, com intenções nefastas é arma assassina. O mal ou o bem não está, portanto, no sexo, mas na intenção de quem o realiza. E se a intenção está coroada pelo amor, em que residiria o mal? Provavelmente na cabeça de quem acusa, no desejo inconfessado, na inveja pela alegria alheia, pela coragem que o outro possui.

De fato, a fome afetiva pode lotar sanatórios: uma pessoa impedida de realizar o ato mais sublime, mais significativo, que mais justifica a vida, que é amar e concretizar esse amor, está sendo condenada à loucura. Você aceitaria essa pena?

♥ Te cuida

Aconteceu numa noite de uma quarta-feira, quando uma amiga voltava a pé para casa. Ela chegou a um cruzamento e hesitou entre atravessar e esperar o verde para pedestres. Nessa hesitação, olhando para os lados, ouviu uma voz:

– Aproveita agora.

Era um motoqueiro comum (não parecia estar a serviço de nada), um homem (já alcançara aquele ponto em que a maturidade talha um maxilar definido por sob a pele muitos anos escanhoada), estava sem capacete, era loiro, olhos claros, corpo largo, pesado de músculos e carnes. Parado no farol, ele a convidava, com um sorriso, a atravessar a rua. Mas se ela o fizesse não mais veria aquele homem: ele estaria precocemente perdido. Ela apontou para o bonequinho vermelho aceso do outro lado.

– Prefiro esperar o verde.

O homem ficou sem graça como se fosse um cavalheiro a quem a mocinha houvesse recusado uma contradança. Minha amiga tentou remendar:

– Um carro quase me pegou aqui uma vez e eu não quero arriscar.

Mentira, mas foi o que ocorreu a ela naquele instante. O homem sorriu de novo, os braços cruzados sob a jaqueta de couro.

– É, é melhor não arriscar. Mas existem outros riscos que valem a pena correr.

Então o sinal abriu. Em vez de partir, ele estacionou ao seu lado. O encontro mais improvável do mundo continuou num café. À meia-noite, ele a deixou na porta de casa e disse:
– Te cuida.

Te cuida? A expressão alegre do rosto da minha amiga se desintegrou: imediatamente ela soube que nunca mais veria aquele homem. Isso aconteceu há dois anos e, de fato, ela nunca mais o viu. Me lembrei desse (des)encontro por causa da expressão "te cuida", que ouvi hoje de manhã um rapaz dizer para uma garota num ponto de ônibus.

Quando um homem diz "te cuida" ele parece dizer: "Te cuida porque eu não vou cuidar. Te vira, Cinderela, e não conte comigo para nada porque você está mais sozinha do que nunca!" Um amigo, ao ouvir essa teoria, comentou: "Eu uso a expressão de forma carinhosa, querendo demonstrar cuidado para com a moça e, ao mesmo tempo, dando um voto de confiança a sua autonomia. Afinal vocês querem o quê? Que a gente carregue vocês no colo?"

Não, cara-pálida: nós queremos o tal comprometimento – e "te cuida" pode não ser, mas parece o avesso dele.

♥ Chorar na porta

Você está assistindo à novela das nove. Na cena, a mocinha implora ao mocinho que a ouça, mas ele se recusa e, cheio de orgulho e revolta, sai batendo portas, quebrando vasos e jurando nunca mais voltar. A mocinha, banhada em lágrimas de cristal japonês, fecha a porta, se apoia nela e vai escorregando até o chão.

O final do parágrafo anterior mais parece letra de axé, mas como as mocinhas das novelas escorregam mesmo até o chão, não há nada que eu possa fazer. Vilãs também escorregam pelas portas? Que eu me lembre – se bem que não sou noveleira – elas ou enlouquecem ou morrem. Nesse último caso, os autores poderiam ir além e mostrar as vilãs reencarnando em 2035 como lesmas ou minhocas, mas a metempsicose não parece ser um fim crível (e algum fim é?).

A cena clichê que aparece em filmes, novelas, seriados, minisséries e até em propagandas, me encafifa: o que há de tão especial em cair aos prantos escorada numa porta e ali ir desabando como uma marionete esquecida?

Eu nunca chorei escorregando por uma porta, você já? As portas eu fecho. As lágrimas eu reservo para um lugar mais confortável: já que o desconforto interno é intenso, que pelo menos o externo seja o menor possível. E eu lá vou ficar com os fundilhos e as costas frias recebendo o ar gelado que atravessa os vãos de uma porta? Choro ao relento só quando não há escapatória – e, às vezes, não há.

Comecei a perguntar a minhas amigas se elas, ao levarem um fora, ao lidarem com a perda de um emprego ou diante da morte de alguém querido, grudavam as costas nas portas e iam descendo aos prantos, como quem coça escamas e, ao mesmo tempo, arranca espinhos. Não, nenhuma delas possui tal costume. Então, onde elas costumam chorar?

– Choro no chuveiro porque assim tenho a sensação de que não estou chorando.

– Choro na cama, em posição fetal.

– Choro tomando sorvete. Sorvete ajuda a dor a sair, não sei por quê.

– Choro em frente ao espelho. Finjo que tudo não passa de uma cena de filme, que eu sou uma atriz e que aquele drama é de mentirinha.

– Choro ouvindo uma música bem triste. E quanto mais triste fico, mais choro. Depois tomo dois comprimidos para dor de cabeça e durmo.

– Choro abraçada ao meu cachorro.

– Choro no colo da minha mãe.

– Choro na garagem, dentro do carro. Os vidros são escuros e ninguém me vê.

– Choro debruçada sobre a mesa da cozinha.

– Choro na igreja, fazendo pedidos e promessas.

– Choro no terraço em frente ao mar. O mar tem a capacidade de fazer tudo parecer pequeno.

– Choro no camarim até ficar com dó de mim.

Porta que é bom, nada. Até que minha irmã salvou a pátria:

– Sim, uma vez eu chorei escorregando pela porta da sala.

Uau, essa modalidade realmente existe! Agora saberei o que há de tão especial em chorar nesse cenário. Mais do que depressa, perguntei:

– O que aconteceu? Como foi?

Ela revirou os olhinhos pesados de rímel e fez uma careta de dor.

– A chave tetra estava meio emperrada, minha mão escorregou e eu bati o cotovelo com tudo na maçaneta!

♥ Introduza um vibrador na sua vida!

Ninguém escreve sobre sexo com a irreverência da minha amiga Gisela Rao. Hoje, ao decidir falar sobre vibradores, a segunda coisa que me veio à mente (a primeira você lerá no fim desta crônica) foi Nestor, o vibrador de Madame Gisela. O dito cujo ficou tão famoso que virou título de um de seus livros. Eu não vejo graça em alcançar os píncaros do prazer com um troço chamado Nestor (se o Nestor ainda tivesse 1,90m e fosse a cara do Hugh Jackman, vá lá), no entanto, que a alcunha é impagável, isso é.

Modelos de vibradores existem vários, eu os divido em dois grandes grupos: os clitoridianos e os invasivos.

Os primeiros são pequeninos e costumam ter a forma de bolinhas, borboletas, abelhinhas. Eles devem ser usados apenas para acariciar o clitóris: é orgasmo garantido.

Os outros e mais famosos são aqueles que eu chamo de invasivos: em forma de pênis (eretos, grossos, longos), alguns vibram, outros vibram e giram de leve, outros ainda vibram, giram e esquentam. Seja como for, eles não me agradam: para mim, nada substitui um pênis *erectus* de carne e osso (ou de tecido cavernoso intumescido com muito sangue e um corpo humano ao redor).

Os homens se sentem desnecessariamente ameaçados com a existência de um vibrador na gaveta de suas mulheres. Orgasmo-com-homem-dentro e orgasmo-a-pilha são tão diferentes (e ambos tão bons) que fica complicado compará-los

– isso sem contar que tratamos aqui de matéria variável e rigorosamente pessoal.

Mas o fato é que vibradores não ameaçam ninguém. Na falta de um bom homem, o vibrador é um substituto meia-boca (não tem pele, pelos, pernas, braços, peito, cheiro de macho, alma, enfim, ele apenas quebra um galho). Já na presença desse bom homem, o vibrador pode facilitar a masturbação da mulher (coisa que gajos adoram ver e, quando são mais espertinhos, participar). A rotina tem uma graça intensa. Variar, porém – e o vibrador é uma variação –, não é menos atraente.

Resumo da ópera: vale a pena introduzir um vibrador na sua vida! Experimente alguns e escolha o modelo que mais te agrada (ou os modelos). Só não faça a besteira de colocar nele o nome de Nestor: Madame Gisela pode pegar um rolo de macarrão e, surtada de ciúme, entrar furiosa no seu quarto às duas da manhã.

♥ **Autossabotagem**

Liliane conheceu Vítor e lambeu os beicinhos rosados: ele era seu tipo. Vítor, um cara tranquilo, a quem quase nada tira do sério, também se encantou por Liliane e, por isso mesmo, deixou claro: suporta de um tudo nessa vida, menos ciúme.

Naquela noite, eles completavam cinco semanas de encontros, idílio total, relação se encaminhando para adquirir o status de namoro. Mas, porém, contudo, entretanto, outrossim, todavia, durante o jantar num bistrô, o celular de Vítor tocou. Ele pediu licença e atendeu.

"Amanhã eu cuido desse assunto", ele disse antes de desligar e, na sequência, ir ao banheiro. Liliane olhou para o celular de Vítor sobre a mesa, para a porta do banheiro, para o celular, para a porta. Em meio segundo ela fuçava o aparelho como esquilo catando noz no mato. Mergulhada na invasão da privacidade alheia, nem percebeu Vítor voltando. Claro que a história terminou ali: Vítor poderia suportar de um tudo nessa vida, menos ciúme.

O pior é que Liliane nem sabe por que fez aquilo, ela nunca foi ciumenta, então o que aconteceu? Autossabotagem.

Claro que ninguém em sã consciência vai se sabotar: a autossabotagem é posta em ação com o consentimento (mas sem o conhecimento) do dono. Na superfície você jura que tudo o que mais quer é arranjar um namorado, nos subterrâneos da mente, porém, sem que você se dê conta, a ordem é outra.

Na raiz dessa bagunça estão seus desejos, ou melhor, os seus desejos reais. Você finge, sobretudo para si mesma, que quer, claro que quer, sofre acreditando que quer, jura de pés juntos que quer, mas a autossabotagem dá um jeito de colocar as coisas nos eixos da sua vontade real.

Aí está um mistério que vale a pena ser desvendado: o que será que você quer? Quero dizer, o que você quer de verdade?

Outro caso: uma conhecida detonou seu namoro com a frase "quero ter um filho antes dos 30". Dois detalhes: faltavam dez meses para ela pertencer ao grupo das balzaquianas e seu namorado detestava crianças. Sobre o assunto, ela teve a seguinte conversa com sua terapeuta:

— Eu tive uma intuição estranha a respeito dele, como se algo estivesse errado, mas mesmo assim fui em frente.

— Mas você já sabia como ele era e, agora, deu um jeito de terminar.

— Ele é quem terminou.

— Ele? Tem certeza?

É uma solução simples a gente achar que não tem sorte no amor romântico e que possui cadeira cativa no estádio dos corações partidos. No entanto, vale se perguntar: quem será que realmente comprou esse bilhete?

♥ Mulher fácil

"Não seja uma mulher fácil, minha filha!" Nós crescemos ouvindo isso. E, como boas meninas que somos, obedecemos. Nos tornamos tão difíceis, mas tão difíceis, que nos perdemos até do nosso próprio desejo.

Quantas vezes você esteve a fim de um cara, suficientemente a fim para a noite não terminar na porta do seu prédio, mas não o chamou para subir apenas por medo de parecer uma moça fácil? Por medo de ele não te procurar de novo? Por medo do que ele iria pensar de você? Parece que estamos vivendo com medo demais.

Se o homem não for criança nem preconceituoso, se tiver um átomo de sensibilidade para perceber quando algo especial acontece de supetão, ele não vai te julgar depreciativamente por transar na primeira noite, nem vai deixar de ter algo sério com você baseado na velocidade com que você tirou a roupa.

Meus amigos juram de pés juntos – não um ou dois, mas vários deles – que se o homem não procura a mulher para uma segunda noite, se ele desaparece, é porque, antes mesmo de transar, ele já não estava muito a fim dela. Não haveria uma segunda noite de qualquer maneira ou, em bom português, ele estava a fim de transar e qualquer uma servia (coisa que pode acontecer com a mulher também, embora todos saibamos que essa modalidade sexual é bem pouco nutritiva).

O termo "dar" às vezes engasga na minha garganta. Tudo bem, eu uso, você usa, todo mundo usa, não sejamos radicais, mas pensando um pouco sobre o seu significado, parece que os homens comem e as mulheres dão, eles ganham e a gente perde. Será que é verdade? Claro que não! Sexo é troca. Ambos dão, ambos recebem, mix total de intenções, pernas e salivas. Portanto, não há um conquistador e uma conquistada, um guerreiro e uma vítima, alguém que ganha e alguém que perde. O que há são pessoas adultas que se conhecem, se sentem atraídas uma pela outra e, com responsabilidade, decidem ou não passar aquela primeira noite juntos. Simples assim.

E como você vai saber quando a coisa é para valer e quando não é? Aí é que está: você não vai. Por isso o único jeito é viver. É válido dar um tempo para conhecer o outro? É bom querer saber onde se está pisando? É útil se certificar de que a experiência não será uma fria completa? Sem dúvida! O que não é válido, nem bom, nem útil é podar seu desejo em nome da regra "não seja uma mulher fácil". Essa regra arcaica só te protege, te afasta e te esconde de uma coisa: do seu próprio desejo.

♥ Coisas que não se diz

Há certas frases que jamais deveriam frequentar as bocas masculinas (e femininas). Um ex-namorado teve a capacidade de me dizer uma delas, no pior momento possível. Lá estava eu, em pleno ato lúbrico cavalgatício (para evocar rapidamente Odorico Paraguaçu), quando o gajo olhou bem para o meu corpo e disparou aquela frase clássica que faz tremer dez entre dez mulheres: "Se você fosse mais magra, iria ficar bonita."

Me diga: o que você faria no meu lugar?

a) Incorporaria uma Lorena Bobbitt básica e picaria o pênis da criatura com uma faca Ginsu.

b) Faria uma longa explanação sobre por que ele também ficaria bonito se fosse a cara do Tom Cruise.

c) Acabaria o namoro, mandaria o infeliz plantar batatas no deserto de Chachapoyas e riscaria em definitivo o nome dele do caderninho.

Embora não me faltasse vontade para realizar todas as opções, me contentei com a última e acabei o namoro: as palavras escolhidas pelo neanderthal e as circunstâncias em que elas foram expelidas não tinham perdão. Nem mesmo se estivéssemos brigando ele teria o direito de sacar aquela frase medonha.

Aliás, briga não é desculpa. Aposto que você já ouviu coisas do tipo: "Eu não quis falar aquilo tudo, estava com raiva, no calor da discussão a gente diz coisas que não quer, não leve em conta o que eu disse." Hum... sei, sei. Aproxima aqui o ouvidinho, cara-pálida: "Eu não quis dizer isso" uma pinoia! Acho que na hora da briga é justamente quando vomitamos tudo o que está entalado na garganta e mais um pouco. Aquele jorro é o estofo dos sentimentos: pode não ser bonito, pode não ser cheiroso, mas de que é verdadeiro, eu não duvido.

Só de consultar a memória, posso me lembrar de várias atrocidades verbais de que eu e minhas amigas já fomos vítimas. Elogios para a ex-namorada: ela é maravilhosa, foi uma pessoa fundamental na minha vida, tem um corpo lindo, não fale mal dela. Reações diante de uma mudança no visual: não sei por que você fez isso, seu cabelo estava ótimo antes, para mim você está sempre igual, ainda bem que cabelo cresce. Enquanto vocês ainda são ficantes: está bom desse jeito, eu só quero sexo, eu te falei para não se apaixonar. Logo após transar: vou tomar um banho, deixa eu atender ao celular, tenho de ir embora já. Quando desabafamos: isso é problema seu, nunca mais faça isso, eu bem que te avisei.

Ah, que urticária! Se bem que, em matéria de mal-estar, existe uma frase que coloca todas as outras no chinelo, que faz com que qualquer deusa do Olimpo despenque de cara na lama, que chicoteia homens e mulheres nos quatro cantos do mundo! Qual é ela? A terrível e definitiva "Não quero mais você".

♥ Gente demais na cama

Você está deitada na cama com seu amor, uma cama que você gostaria de chamar de sua, mas não é possível: tem gente demais ali.

É seu homem que, sem cerimônia, as convida a entrar. Primeiro vem uma, depois outra e mais outra. Elas atravessam as paredes, as portas, as vidraças e vão se deitando, todas, na cama que deveria ser sua.

Cada uma toma um bom espaço com sua presença acachapante de espectro: elas vieram do passado e no passado não há chatice, não há tédio, não há burrice, não há constrangimentos, não há falta de desejo. Elas, as mulheres que seu homem teve, são perfeitas.

Ele varre constantemente o salão de baile das próprias lembranças e deixa ali apenas o que foi melhor. Elas pertencem à festa e fizeram por merecer tal lugar: tudo bem. O problema é que não há tranca, barra, cadeira, armário que faça a porta desse salão de baile ficar fechada. Ali é ele quem manda e se ele diz "abre-te, sésamo", elas todas entram, todas se aboletam na cama que deveria ser sua.

Você sente o espaço ficar cada vez mais exíguo e, veja, lá vem mais uma. Você se vira de um lado, de outro, tenta encontrar um cantinho onde se apoiar e, por muito pouco, não cai da cama: tem gente demais ali.

Você pisca os olhos, sente o piscar, macera os olhos com a força dos cílios e das pálpebras, mas elas não vão embora: tem gente demais ali.

Você se deitou para esticar os músculos, os nervos, o ventre, o sexo. Você se deitou naquela cama para ser você, mas tem gente demais ali.

Elas são passado; você, presente. Porém, quando ele começa a falar delas, elas se tornam presente no agora. Elas estão presentes. Elas estão aqui. Elas incomodam.

E há os detalhes! Ele conta os detalhes da festa: sensações incríveis, imagens estupendas, de uma perfeição digna da face de Deus.

O que você pode oferecer a um homem que já viu a face de Deus? Que ganhou o amor das profissionais do sexo, que fez delas o que bem quis, que protagonizou as mais indescritíveis fantasias, que foi estoica e estupidamente amado?

A cama está cheia e você não tem cacife para estar lá. Tudo o que você tem é um caldeirão de feitiços que não foram lançados, seu legado é uma esteira de irrealizações e uma fome imensa, imensa de tudo.

Então você se encolhe no escuro, no pedacinho torto que sobrou para você naquele glorioso e povoado colchão. Em breve, será inevitável que você se levante, afinal, tem gente demais ali.

♥ Joga fora!

Em datas comemorativas, como o Dia Internacional da Mulher, é comum refletirmos sobre perdas e ganhos e, por consequência, surgirem reivindicações quanto ao que ainda nos falta em incontáveis áreas. Que tal também pensarmos no que devemos jogar fora ou diminuir drasticamente? Aqui vai uma sugestão com nove dicas.

1) *Menos loucuras de estimação*. O cara te procura o suficiente para te manter apaixonada, mas não o bastante para você reivindicar uma noite de sábado inteira (às vezes nem meia). Verdade que ele pode até ser seu marido, não importa: a loucura de estimação nunca te traz paz ou segurança romântica. Numa palavra, amiga: corta. Não o pau dele, por favor – ele da sua vida.

2) *Menos roupas e sapatos*. Por Deus, vá até seu guarda-roupa (ou apenas pense nele) e me diga se você precisa mesmo daquelas quatro saias pretas, daquelas 18 sandálias, das 11 botas, dos cinco sobretudos, das 49 camisetas, das 22 meias-calças etc. etc. etc. Libera o fluxo desse armário: ganhou ou comprou uma peça, doe outra (isso depois de eliminar, no mínimo, 60% do que está dentro dele agora).

3) *Menos quilos*. Você continua caindo de boca onde não devia, mesmo com tantas saliências e reentrâncias

gostosas e emagrecedoras para se cair de boca no mundo (especialmente aquelas que atendem pela alcunha de namorado-gato-com-exame-de-sangue-em-dia)? Fique tranquila. No item quatro há um feitiço para emagrecer. Cumpra-o e Deus te recompensará.

4) *Menos fofoca.* Você já viu o circo pegar fogo na sua casa ou no escritório e teve de disfarçar que a autora da fofoca infame foi você? Aqui vai o feitiço que prometi: se você conseguir manter sua boca fechada diante da possibilidade de falar mal de alguém, você também – na mesma proporção – conseguirá fechar a boca na frente de todo tipo de comida que te engorda. É dito e feito. Ou melhor, é não dito e feito.

5) *Menos celular.* Na boa: pra que ficar grudada no aparelho, falando ou teclando, em 80% do tempo, assuntos totalmente inúteis ou adiáveis? Silêncio é bom – e segurança no trânsito também, o que nos leva ao próximo item.

6) *Menos carro.* Ok., você mora numa ponta da zona sul e trabalha na outra ponta da zona norte, portanto, precisa dele. Mas o tempo todo? Já experimentou fazer algumas coisas de metrô ou a pé e ver quanto tempo ganha e quanto estresse perde? Não precisa acreditar em mim: faça um teste.

7) *Menos não-me-toques no sexo.* Impressionante como tem mulher que sobe no lustre com um vagabundo qualquer da prainha Zanzatetê e com o namorado ou mari-

do – uma criatura que, eu espero, lhe diga muito sexualmente – fica cheia de não-me-toques. O pudor é a pior forma de perversão! (Não é verdade, mas a frase causou o impacto que eu queria.)

8) *Menos cobrança.* Supermulher, supermãe, superprofissional, superbeijo, superobrigada: agora tudo tem de ser "super" para valer? Socorro! Amiga, está com sono? Desmarca o jantar e dorme. Mesmo. Se bobear, suas amigas também queriam mais é dormir.

9) *Menos mulheres-photoshop.* Como diz Penélope Nova, a *Playboy* não é mais revista de sacanagem: é ficção científica! Malhar pra chegar aos 90 sem usar o elevador, maravilha, mas perpetuar a busca insana pelo corpo da mulher-photoshop ninguém merece. Esse padrão estético é uma cruel e eficiente forma de manter a mulher dentro de limites estreitos – tão estreitos quanto os quadris da Barbie.

♥ Quando dói tudo

Aquela consulta havia sido marcada pela irmã e foi apenas por conta de sua insistência que ela estava ali. Os apelos e queixumes da família já eram tão constantes que uma visita ao médico traria menos transtornos.

Como ela poderia explicar a eles? Algumas coisas são tão óbvias que falar sobre elas se torna penoso ou ridículo. Ainda assim, ao que parece, ela precisaria não apenas explicar o óbvio, como também embasá-lo com um diagnóstico médico, diagnóstico coroado por um remedinho tarja preta, de preferência.

As revistas do consultório traziam na capa casais que não estavam mais juntos, grávidas que há muito haviam parido, famosos que caíram no esquecimento e cenas de novela das oito cujo enredo hoje se repetia com outros atores e outro título. Suas opções eram folhear aquelas revistas, observar os outros pacientes ou fechar os olhos, simulando um sono que nem de leve sentia. Porém, não foi preciso escolher: em alguns minutos ela foi chamada na sala 4.

Uma vez deitada na maca, o médico perguntou, forçando os dedos contra o peito dela:

– Onde dói?

Ela então franziu a testa, arreganhou os dentes e... desceu. Desceu vertiginosamente para dentro de si mesma.

Onde dói?, pensou. Dói meu peito, que permanece curvado, em pranto. Doem meus ombros, que não suportam o peso da saudade. Doem meus ouvidos secos de palavras carinhosas. Doem meus rins, que não filtram a saliva amarga da solidão. Doem meus pés, que não têm por quem caminhar. Dói meu sexo, que não se abriu para o filho. Doem meus olhos, que não encontram senão a casa vazia. Dói meu couro cabeludo, que não recebe os unguentos do cafuné. Dói minha garganta congestionada de gritos não dados. Doem meus braços, que se atrofiaram por não mais abraçarem meu homem. Dói minha língua na clausura eterna dos dentes. Dói meu estômago, que não digere a ausência dele.

Dói tudo, doutor. Dói simplesmente tudo, porque meu corpo não é só essa carne óbvia em cuja massa dedos afundam procurando um nódulo, uma urticária, uma veia estourada. Dói tudo porque em tudo a alma se coloca e a alma, doutor, a alma sente sem analgésicos.

Mas é claro que eu sei que vai passar, não sou nenhuma ignorante dos mecanismos da vida para, mesmo sob essa dor doída de alma doente, me jogar de uma ponte ou tomar quarenta comprimidos de um tranquilizante qualquer. Sei que vai passar. Minha razão sabe que vai passar. Sei também que o único tratamento recomendado ao meu caso é o tempo. Sei de tudo isso, tudo isso me é claro, mas por enquanto, por favor, faça esta caridade, doutor: não pergunte onde dói.

♥ Dividir ou não a conta?

Você já caiu no golpe do "ops, esqueci a carteira"? Funciona assim: o cara sai com você, come, bebe, ri, te beija, te apalpa, às vezes até sugere um motel e, na hora de dividir a conta do barzinho ou do restaurante, ele saca um curso de teatro do bolso e se mostra devastado: "Não acredito: esqueci a carteira em casa! Estava tão a fim de te encontrar, tão ansioso, que saí correndo e..." Então, com os olhos baixos, ele espera que você fique sensibilizada e se ofereça para pagar a conta, ou seria melhor dizer, as contas, já que o convite para o motel está de pé.

Dizem que esses gigolôs modernos (é isso o que eles são) costumam ser bons de cama, mas não vale a pena deixar o golpe rolar até o fim. Por quê? Simplesmente porque não haverá uma segunda noite – a não ser que, mais uma vez, você pague tudo. Sim, pois, se vocês saírem mais uma vez, acredite, ele terá a cara de pau de esquecer de novo a carteira em casa ou dizer que seu cartão de crédito está bloqueado por algum problema do banco. Se estiver disposta, vá fundo: quem sou eu para me meter na conta-corrente dos outros? Agora, se você acredita que merece algo mais inteiro do que um gigolô, caia fora. E rápido.

Interesseiros sempre existiram. O fato de a versão feminina do bicho ser mais conhecida não significa que a versão masculina não exista faz tempo. Aqui vai uma dica: se quiser se deliciar com uma pérola da ironia sobre o assunto, leia o clássico romance *Os homens preferem as loiras*, de Anita Loos.

Voltando ao assunto, embora eu não tenha saído dele: esperar que um homem sempre pague a conta não é uma forma de ser interesseira? Não é uma maneira de usar a etiqueta, a educação, o romantismo ou seja lá o que for para se encostar num macho humanoide como se ele fosse um bom colchão de penas?

Observando a situação de outro ponto de vista, que um homem pague a conta como uma forma de ser gentil ou por saber que a mulher está no vermelho aquele mês, tudo bem. Se o móvel da ação for pura e genuína delicadeza, nada mais elegante. Há também homens que gostam de pagar a conta porque isso faz com que eles se sintam em dia com a própria masculinidade, afinal 5 mil anos de patriarcado na cabeça não é pouca coisa. O problema se dá quando entra a "obrigação" nessa história. Existe algo que destoe mais de um encontro romântico (ou entre amigos ou entre amigos com benefícios) do que ter não o desejo, a vontade, o prazer, mas a obrigação de fazer algo?

♥ Ele não está a fim de você

Toda mulher tem um potencial incrível para ser escritora (pode não ter talento, mas tem potencial) e isso se revela na sua inesgotável imaginação. Sim, mulheres são mestres em inventar desculpas que justifiquem os comportamentos de um homem com quem elas estão saindo ou tentando sair. Ele não liga porque deve estar muito ocupado. Ele quer ir devagar. Ele está com medo da intimidade. Eu sou independente e isso o assusta. Ele acabou de se separar. Ele está numa fase difícil. Ele foi traído e está se preservando. Ele tem fobia a compromisso. A mãe dele o encheu de traumas. A ex dele o encheu de traumas. A cachorrinha dele o encheu de traumas. Ih...

Aproveite o simpático filme *Ele simplesmente não está a fim de você* e leia o livro no qual ele se baseia. Essa pérola do bom humor e da mais crua realidade joga na nossa cara o que estamos carecas de saber, mas insistimos ferozmente em ignorar. Se ele não te convida para sair é porque não está a fim de você. Se não te telefona é porque não está a fim de você. Se ele não te chama para conversar no MSN, se desapareceu, se não transa com você, se só transa com você quando está bêbado, se é casado e não larga a esposa, a verdade é que ele simplesmente não está a fim de você. Portanto, parta para outra e sai dessa vida de espera, criatura!

O livro foi escrito pelos roteiristas de *Sex and the City*, Greg Behrendt e Liz Tuccillo. Quer dizer, quem escreve 80% do livro é Greg, Liz é uma coadjuvante chata e óbvia. Pule as partes dela, não vai fazer falta alguma. Aliás, já que eu comecei, vou soltar o verbo. Eu admiro muitíssimo os roteiristas dessa série. Por quê? Porque eles tiraram leite de pedra. *Sex and the City* foi uma série de TV inspirada no livro, de mesmo nome, de Candace Bushnell. Inspiração pode ser uma coisa bem remota. Cheiro de feijão podre, por exemplo, pode te inspirar a abrir um restaurante com a melhor feijoada da cidade. E essa é a relação entre o livro e a série. É inacreditável que os americanos tenham a coragem de chamar Candace de cronista. Venham dar uma olhada nos cronistas brasileiros como Fernando Sabino, Nelson Rodrigues, Mario Prata, Martha Medeiros etc. etc. etc. e aprendam alguma coisa, ok?

O texto escorrega um pouco no machismo, mas é um machismo tão brega e risível (e tão bem colocado) que acaba entrando na conta do humor. Além do mais, as ilustrações são da Mariana Massarani, delícia pura – e ninguém pode ficar ranzinza sob a influência do traço dela.

Um último apelo no texto de Greg, esse nas entrelinhas: não forcemos a realidade a seguir um estreito *script* romântico. A vida real pode ser muito mais fluida, ampla e interessante. *Capisce?*

♥ Foi um sonho!

Entro no MSN e ela me chama: é minha amiga Cláudia e sua necessidade urgente de tricô.

– Stella, preciso te contar uma coisa! Conheci um cara incrível na casa da Zilah!

Zilah é minha irmã, uma pessoa que nasceu para dar festas e segue sua disposição natural. Zilah é incrível, o cara eu não sei. Sempre desconfio quando essa palavra aparece num contexto romântico súbito: dependendo do amante anterior (que condiciona sua avaliação do próximo), dependendo do seu nível de carência, dependendo do quanto você quer se enganar, dependendo do quanto você bebeu, dependendo da sua ovulação, você pode achar incrível uma criatura sem graça.

– A gente conversou, dançou, depois ele me ofereceu uma carona e eu o convidei para subir.

Até aí nada de incrível. (Desculpe pelo cinismo, leitora amiga: ele é apenas um bom escudo.)

– Em casa, a gente ficou mais um tempão conversando, ele mexeu nos meus cabelos, acariciou minhas pernas, mas, eu juro, sempre mantendo uma conversa de alto nível que me deixou encantada!

Não precisa jurar, Cláudia, eu acredito. Existem homens inteligentes e, sobretudo, existem homens que dizem o que nós queremos ouvir (o que não significa que não seja verdade ou um pérfido ardil – ou ambos).

— Então, depois de um tempão, a gente se beijou e beijou e beijou... Ele deixou a coisa correr meio como namoro no portão, sabe? E ele olhava nos meus olhos!

Ah, mas eles olham mesmo – olham nos olhos, na bunda, nos peitos... Deus os conserve!

— Você sabe que eu sou difícil para chegar lá, mas com ele foi muito fácil porque ele acaricia um tempão, sabe? E no sexo oral ele é tão bom...

Aleluia, irmã! Pode me chamar de preconceituosa: homem que não chupa eu já acho que é gay enrustido (embora, pasme: existem gays enrustidos que chupam). E para se colocar em condição de receber essa carícia, atenção meninas: menos calcinha (não precisa usá-la para dormir, por exemplo), menos calça jeans, menos lycra nas partes íntimas.

— E houve tanto carinho, uma conexão além do sexo, sabe? Eu não entendo, faz três semanas isso, três, e nenhum sinal, estou pirando! Ah, ele é um sonho de homem, Stella, um sonho e...

É isso, amiga: um sonho! Você sonhou: o tal homem não existe. Ele é um boto, um vampiro, um fauno. Quando você tem um sonho bom, não corta seus devaneios à espera do próximo, apenas evoca aquela lembrança e se embebeda nela. E, caso o sonho se repita, será uma grata surpresa e não um amargo reencontro que demorou tempo demais.

♥ Os novos-apaixonados são tão chatos!

Há quem pense que os novos-ricos são as criaturas mais desagradáveis do planeta. Pura injustiça. As pessoas mais chatas, maçantes mesmo, sem dúvida são os novos-apaixonados. Se você for amiga de alguém entrando nesse estado, prepare-se: seus dias de tranquilidade estão contados. E se, pior ainda, você estiver curtindo a maior fossa romântica, então, recomendo: compre um litro de floral, muita, mas muita aspirina, e várias caixas de bombom extra. Acredite: não vai dar para aguentar essa barra a seco.

Tudo começa com aquela paquera que não se sabe se vai ou não dar em alguma coisa: é a fase *esclerose*. Tenha a sua amiga nova-apaixonada a idade que tiver, ela vai fazer, de cinco em cinco segundos, a mesma pergunta:

– Você acha, mesmo, que ele está interessado em mim?

A nova-apaixonada te ligará 20 vezes por dia com essa lenga-lenga. E não adianta desfiar uma minuciosa resposta, abrangendo todas as pistas recentes e possibilidades futuras, na esperança de que o assunto se esgote: quando você mal tiver terminado sua dedicada análise, a *esclerose* entra em ação. Antes que você tome fôlego, sua amiga nova-apaixonada perguntará de novo:

– Então, você acha que ele está mesmo interessado?

Depois a beldade entra na fase seguinte: *chiclete-surdo*. *Chiclete* porque ela continua grudada em você feito carrapato desorientado e *surdo* porque, se você disser que está pensando seriamente em se matar, ela não irá prestar a menor atenção – a surdez é seletiva: se você falar do romance dela, a fofa escuta.

Por algum tempo – até esse ensaio de envolvimento virar um namoro sério – ela vai continuar te ligando 20 vezes por dia para contar todos os passos do romance. Fugir? É inútil. Ela te caçará por todos os meios e mídias disponíveis.

Ah, e não pense que ela te conta todos os detalhes do idílio porque você é especial. O grude dos novos-apaixonados nos amigos é puro desabafo. Eles precisam desabafar alegria e, cá entre nós, dá para aguentar alguém desabafando alegria?

Quando é tragédia a gente se compadece, sofre junto, tenta ajudar, faz mutirão, faz vaquinha, prepara até uma sopa ou mingau. No entanto, ouvir o desabafo do novo-apaixonado – mesmo que não agite aquela bacia cheia de água pútrida que a gente insiste em não jogar fora: a inveja – é como ser voluntário de um CVV da alegria. Você escuta, analisa, dá conselhos, responde o óbvio, afirma, reafirma, confirma, mas está proibido de falar sobre os próprios problemas, sobre isso nem uma palavra: os novos-apaixonados nada escutam além dos seus corações rufando a decibéis inconcebíveis.

Ainda bem que paixão é um troço que dura pouco.

♥ Uma mulher que trai

O que sente uma mulher que trai? Há anos, num museu quase deserto, ouvi o relato pungente de uma estranha. Ela precisava desabafar e eu estava ali. Ao chegar em casa, transformei o relato em texto. Sem mais delongas, vamos ao seu desabafo.

(...)

Você nunca tinha sentido isso. Agora, é como se você só tivesse coração. Se fosse possível, você pegaria uma faca e o arrancaria de dentro de você, cortaria todos os tecidos e veias e artérias até que não sobrasse nada. Mas você sabe, mesmo morta, ele ainda iria doer.

Você nem se olha no espelho, não quer ver um rosto de palhaço aparecer e perguntar: "De quem é a culpa, hein?" A culpa é sua e você sabe. Foi você quem decidiu testar seus limites, morder a maçã, ouvir a cobra. Foi você quem decidiu que teria um caso.

Você começou achando tudo uma festa, supondo que poderia dar um basta quando quisesse, que tinha as cartas do jogo na mão. Eu saio quando eu quiser, você dizia. Parece papo de *junkie* travado de pó. É isso o que você é agora: uma viciada enfrentando sua primeira crise de abstinência. Ele não te quer mais, ele foi embora, ele acreditou na sua displicência e ficou tranquilo para confessar "conheci outra pessoa".

Ninguém pode dizer que você foi enganada, levada pela mão: durante uma boa parte do trajeto foi você quem conduziu a carruagem. Agora aguenta a abóbora fervendo no seu colo, Cinderela.

Até mesmo sofrer, um direito de todo ser humano, lhe é negado. Quem trai não tem o direito de sofrer, não abertamente. À noite, você vai ter de engolir o choro para o seu marido não perceber nada; de dia, você vai ter de engolir o choro para os seus colegas não perceberem nada; na hora do jantar, você vai ter de engolir o choro para os seus filhos não perceberem nada; e quando você não aguentar mais, quando estiver quase sufocando, você vai se enfiar debaixo do chuveiro e chorar. Mas chorar pouco, porque sua cara não pode ficar inchada.

Essa é a pior parte: não poder contar nada a ninguém. Não poder se enfiar numa cama e definhar por duas semanas. Não poder chutar o trabalho e deitar no colo da sua mãe. Não poder sofrer em paz. Não poder abrir a veia e libertar esse sangue ruim. Não poder queimar como fênix, até o último naco de pele e carne e pena, para depois ressurgir mais forte. Mas você não pode queimar até o fim. Você sequer pode queimar. Você tem contas a pagar, comida para fazer, filhos a criar, contratos a fechar, marido para transar.

Quando você conseguir catar os cacos desse sofrimento sem nome vai estar mais cheia de fissuras do que agora. Você vai se levantar, sim, mas estará manca, torta e trêmula. Drenar a dor é tudo o que você precisa agora. Drenar, não morrer. Morrer é fácil. E você quer estar viva quando ele aparecer um dia dizendo "puxa, estou com saudade". Ou talvez, espera um pouco, talvez você possa encontrar outro homem, outro que tape a ferida, outro que, enquanto te beija, sem perceber, possa drenar esse sangue negro para bem longe. É isso. Você precisa de um outro amante. Como uma droga, que venha algo mais forte. Algo estupidamente mais forte.

♥ O homem-superfície

Se você perguntar a qualquer macho-alfa por aí (ou beta, ou gama etc.) do que ele gosta, ele dirá com a boca cheia de saliva: "Eu gosto é de mulher". Hum... será mesmo?

Existem homens que de fato gostam de mulher e existem os homens-superfície, aqueles que se satisfazem sexualmente em fêmeas humanas: a diferença é incomensurável.

O homem-superfície acredita que gosta de mulher, mas ele apenas goza em mulher. Se lhe ensinassem que o normal é gozar em mulas, ele amaria as mulas com a mesma pressa e o mesmo descaso. Ele pode até se apaixonar, se casar, ter filhos com a mula, nem por isso aprendeu como satisfazê-la ou teve com ela um instante de relaxada e verdadeira intimidade.

Quando diz se interessar pelo prazer da mulher, o homem-superfície se refere a uma averbação da sua própria excelência de macho, apenas um carimbo a mais na sua viril carteirinha de vaidade – documento que requer constantes carimbos para evitar o horror de deixá-lo entregue a si mesmo.

O homem-superfície acredita ser um amante incrível e alardeia isso aos quatro ventos. Quando, porém, o dito cujo põe as mãos numa mulher, apenas uma palavra se ilumina no neon vagabundo dos motéis: decepção. O homem-superfície tira roupas rápido, mete dedos furiosos orifícios adentro e mexe no corpo alheio como se ele fosse um controle remoto. Por ignorar que o corpo do outro tem uma alma a lhe animar, ele, invariavelmente, acaricia mal, chupa mal e mete mal.

Certa vez um criatura dessas me disse que todas as mulheres que passaram pelas suas mãos gozaram, no mínimo, cinco vezes por noite. Todas. Cinco, no mínimo. Eu não sei o que ele compreende por gozo, mas deve ser algo diferente do que eu, você e o resto do mundo compreendemos. Outro me disse que é tão bom, mas tão bom de cama que fez todas as prostitutas com quem transou gozarem. Para o homem-superfície tudo é superlativo e absoluto: todas gozam, todas amam, todas, sempre. Claro, e eu sou a filha da Chiquita Bacana, nunca entro em cana porque sou família demais, puxei a mamãe, não caio em armadilha e distribuo banana para os animais. (Jovem leitora, não se assuste: este último trecho é uma deliciosa marchinha do Caetano Veloso e não um surto de demência temporária desta escriba.)

Se é possível resumir o assunto (não é, mas vamos lá), o homem que verdadeiramente gosta de mulher, a olha e a vê. E, a partir do que vê, toca e ama a mulher de diversas formas e intensidades. Já o homem-superfície olha, olha, olha e só vê a si mesmo. Muitíssimo mal e porcamente, devo acrescentar.

♥ Depois do milagre

De todos os contos de fada, de todas as princesas da Disney, de todas as histórias infantis que conheço, a pior, a mais nefasta, a mais danosa para a alma feminina é, disparado, a Bela Adormecida.

É com pesar que digo isso, pois o príncipe Felipe, parceiro romântico da tonta, é um modelo masculino muito interessante. Se bem que algo do seu brilho se perde quando lembramos que ele faz tudo o que faz, enfrenta tudo o que enfrenta, luta tudo o que luta por causa de um estrupício de princesa.

Voltemos, porém, à própria Bela Adormecida. Essa criatura nasce, é amaldiçoada, canta, chora e dorme: pronto, eis sua contribuição para a humanidade. Se ela cantasse num palco, numa aldeia, numa feira, pelo menos alegraria as pessoas, mas não: Bela Adormecida, a inútil, canta no meio da floresta. Sua plateia são animaizinhos que, vamos combinar, já têm os seus próprios e imbatíveis cantores.

Após nascer, ser amaldiçoada, cantar, chorar e dormir, Bela Adormecida, a inútil, desperta do seu sono enfeitiçado por causa do beijo do príncipe Felipe. Senhoras e senhores, temos aí o milagre!

Milagre que se repete nas comédias românticas, nos livros ruins de autoajuda, nas religiões salvacionistas, nos consultórios de terapeutas fajutos... Para Freud, a psicanálise consistia em transformar a neurose (e seus mais variados sintomas) em miséria humana comum. Trocando em miúdos, ele queria fazer a gente parar de ter chilique ou dor de cabeça e reconhecer o pacote de merda que foi criado por nós e com o qual nós temos de lidar.

Mas as princesas clássicas da Disney não conhecem Freud – elas querem um milagre. E nós, mulheres de carne e osso, também.

Deus, em meio a essa selva de desencontros, faz milagres todos os dias juntando criaturas que se procuram. O problema é que depois do milagre as pessoas agem como se tudo fosse continuar a acontecer por encanto.

E aí aparece a primeira rachadura no muro do castelo, porque depois do milagre começa a vida real: os encaixes necessários, as conversas, as dúvidas que precisam ser esclarecidas, as reflexões solitárias que devem continuar a ser feitas, a medida do passo a dois que será aos poucos sincronizado, a sensibilidade mútua a se aguçar, os lixos internos que precisam ser eliminados, as gavetas novas que pedem ordem e perfume, as feridas que começam a reagir sob unguento do amor e mais tudo o que a vida quiser.

Depois do milagre, há muito trabalho a fazer! A não ser, é claro, que seus objetivos sejam nascer, ser amaldiçoada, cantar, chorar e dormir.

♥ Ana e as tatuagens

Uma discreta letra na nuca, a inicial do seu nome. Chegou tímida, pôs a bolsa de lado, a voz quase sumida. Ficou olhando quieta o tatuador se preparar. O tatuador e a luxúria de cores na sua pele. Sob o comando dele, se sentou na cadeira, prendeu os cabelos, abaixou a cabeça. Ao fechar os olhos, sentiu o corpo quente dele próximo ao dela e mãos enluvadas começando a perfurá-la com a agulha. Em cinco minutos, a tatuagem estava pronta. Ela agradeceu e saiu.

Na semana seguinte, ela decidiu aproveitar a letra já tatuada e escrever seu nome todo na vertical, descendo pelo pescoço. Ana. Que pena. Ela poderia se chamar Elizabeth ou mesmo Margarida para que aquela tatuagem escorresse coluna abaixo, mas não, ela se chamava apenas Ana. Em dez minutos, ele havia terminado. Ela agradeceu e saiu.

Dias depois ela apareceu com um desenho. Felicidade em chinês ou harmonia em coreano, tanto faz. Quis nas costas, para continuar sentindo o aconchego involuntário do corpo dele. No entanto, o que a seduzia não era ele, mas a dor. Em meia hora ela se levantou da cadeira, agradeceu e saiu.

Na semana seguinte ela escolheu uma tribal imensa, para fazer no cóccix. Essa vai sangrar um bocado, ele disse. Ela sorriu. Que ele furasse seus órgãos, que furasse sua alma, que furasse seu ventre. Que fizesse sua pele verter sangue até o limite do desfalecimento. Ela só queria a dor e a consequente cicatrização. Quatro horas depois, ela agradeceu e saiu.

Três, sete, 11. A pele das costas foi se colorindo inteira. Quinze, 23, 27. E a pele da barriga, dos braços, das pernas. Até que a 28ª tatuagem grudou na quarta que se encostou à nona que se misturou à 17ª. A partir de então os desenhos não tinham mais número.

E era tão bom suportar uma aprovada cota de dor, ver a pele sangrar e expelir tinta por dois ou três dias, era puro prazer acompanhar a cicatrização lenta e sobretudo irreversível. Por que tudo não poderia ser assim? O pai e seu suor acre e ameaças, a mãe e seus pudores e cegueiras, os namorados e seus machismos e friezas, as gravidezes e seus abortos sucessivos: todas as dores sangrando, criando casca, virando beleza. Ela sonhava que sua alma poderia se cicatrizar assim, como uma tatuagem.

Houve um dia, porém, em que o corpo dela chegou ao fim. Não havia mais onde tatuar (excetuando-se o rosto e as mãos). Ela se olhou toda colorida no espelho e quis morrer: não havia mais espaço para a dor cicatrizar. Foi quando um amigo comentou sobre aquela luta marcial. Ana correu até a academia, pagou a matrícula, comprou quimono, saco de areia, chumbou um gancho no quintal. Após as aulas, ela chega quebrada em casa, sofre dores atrozes nos músculos, fica cheia de hematomas: na semana seguinte, porém, seu corpo se refaz. Então Ana sorri e volta a vestir o quimono.

♥ Quem menos conhece um homem é sua mulher

Estava eu me dedicando a uma das minhas mais diletas obsessões (ler Gabriel García Márquez – ou Gabo, para os íntimos), quando uma amiga me telefona.

– Stella, você está em casa?
– Estou.
– Coloca na Band, rápido!

Encolhi o ombro direito a fim de manter o celular preso ao ouvido, peguei atabalhoadamente o controle remoto e liguei a TV. Uma ruiva de cabelo curtinho falava sobre reciclagem.

– É ela, é ela! – gritava minha amiga.
– Quem, criatura?
– A vaca que me roubou o Maurício!

Ah, sim: me lembro desse episódio. Maurício começou a sair com a, digamos, moça-ruminante enquanto ainda namorava minha amiga. E assim ficou, com as duas, por algum tempo até se decidir pela primeira. Poderia ter se decidido pela solidão, pela liberdade, por dez ao mesmo tempo, por se tornar assexuado, bi ou homo, mas optou pela ruminante.

Sei que minhas amigas contam com minha sinceridade embora ela nem sempre seja confortadora. Desse modo, sou obrigada a externar dois pensamentos que me passam pela cabeça.

O primeiro é: será que existe essa história de outra mulher roubar seu homem? Alguém é capaz de roubar alguém? Ninguém roubou o Maurício da minha amiga, ela o perderia de qualquer maneira: o romance se desgastou, a inviabilidade de olhar para o lado o sufocou, as negligências sucessivas do dia a dia o brocharam, um sem-número de pequenezas aconteceram no meio do caminho e ele deixou de vê-la como mulher para considerá-la uma amiga (antes assim do que vê-la como um estorvo, coisa que, sabemos, acontece muito). É provável que se não houvesse a ruminante como bode expiatório, minha amiga chegasse à conclusão de que era melhor terminar, pois para ela a coisa também não estava boa – e eu sou testemunha de que não estava.

No jogo amoroso ninguém compete conosco a não ser nós mesmos, portanto não há concorrentes: mesmo quando seu homem sai, digamos, com a vizinha, isso não significa que ele obrigatoriamente não te queira mais – talvez ele apenas deseje também a vizinha. Se isso pode ser aceito ou não, é outro assunto, mas é inegável que acontece.

O segundo pensamento que me assalta é mais amargo e peço que minhas amigas leitoras pensem desapaixonadamente sobre a questão. É na condição de amiga dos homens, amiga inclusive de alguns ex, que ouso dizer: a pessoa que menos conhece um homem é sua mulher. A relação romântica monogâmica comum pressupõe impedimentos, segredos, proibições, desejos que não se realizam, censuras. Se eu estivesse autorizada a contar às namoradas dos meus amigos o que eles realmente sentem, pensam e desejam elas provavelmente me crucificariam de cabeça para baixo e não acreditariam em mim.

Quando o relacionamento desaba, culpa-se a outra, a rotina, a incompatibilidade de objetivos. A culpa talvez seja da estrutura da relação romântica, dessa ilusão de posse, dessa necessidade de fusão que faz com que a mulher conheça e aceite muito mais as bizarrices dos personagens de novela do que os desejos do homem que está ao seu lado.

♥ O homem mais bonito do mundo

Antes eu não sabia ao certo se aquele era um dia comum, mas certamente deixou de ser depois: recebi um e-mail do homem mais bonito do mundo pedindo meu telefone para discutir uma questão profissional. A conversa durou três horas e terminou num convite.

— Depois de amanhã estarei em São Paulo, janta comigo?

Apostei com Lady Murphy que ele não voltaria a me ligar e que aquele convite era um blefe. Apostei também que ele era estonteantemente bonito só na televisão. E, para fechar a tríade, apostei que ele, sem personagens, deveria ser burro como uma porta. Perdi fragorosamente todas as apostas.

Foi assim que o homem mais bonito do mundo, cobiçado por dez entre dez mulheres (e dez entre dez homens), se materializou naquele primeiro entardecer. Horas mais tarde, com o rosto deitado na minha coxa esquerda, ele perguntou:

— Você pode dormir aqui comigo?

Sim, poder eu podia, mas me pergunte se eu dormi. Claro que não. O homem mais bonito do mundo enrolado no meu corpo como um dragão chinês e eu com os olhos estatelados, sentindo no meu pescoço sua respiração de homem-divindade a comprovar a existência daquele instante. A manhã deveria pôr as coisas no lugar. Mas não pôs.

— Só tenho de ir para o teatro às seis. Eu faço o almoço pra gente, se você puder ficar.

Poder eu podia, mas me pergunte se eu tinha fome. Nenhuma. Quando fui embora pensei que vivera uma noite de exceção e que ao acordar, tudo, até meu queixo vermelho, voltaria ao normal. Mas não voltou.

O homem mais bonito do mundo entrou na minha vida como um trator a quem eu, terreno baldio, recebi atônita. Passei a viver num perpétuo estado de alerta que poderia ser considerado paixão, doses cavalares de sibutramina ou espanto (era espanto). Passei também a desejar ardentemente sair daquele estado. O que você faz quando alguém irrecusável se esparrama sobre você sem reservas e o que você faz quando esse esparramar não te causa nenhum conforto e o que você faz quando ele te draga mais e mais para um rodamoinho de tormento? Você reza. Eu rezei. Rezei para que aquilo acabasse logo, para que ele se encantasse com outra, para que ele tivesse de fazer um filme no Nepal, qualquer coisa que o afastasse de mim. Ele havia sugado toda a minha saliva e não restara réstia na minha boca para articular o que eu mais queria dizer: "Me deixe, por favor."

Foi então que aconteceu: eu me acostumei a sua beleza de deus. Me acostumei a ver seu corpo perfeito de carnes e músculos inundar a cama, me acostumei com Shakespeare no original, me acostumei com aquele sotaque lânguido, os mantras no último volume, o sexo interminável.

Naquele momento, o momento em que ele se tornou comum, eu poderia ter começado a amá-lo. E de fato comecei – como amiga. Dizer isso ao homem mais bonito do mundo foi um dos momentos mais estranhos da minha existência de fêmea sexuada, mas eu disse. E agora sinto um agradável vazio inumano, me sinto como G. H. sorvendo o interior branco da barata, me sinto como quem concluiu a travessia do Canal da Mancha e não precisa provar mais nada a si mesmo. Eu tive o homem mais bonito do mundo – agora posso ter quem eu realmente quero.

♥ **Quando ele te enrola**

Lá está você, saindo de novo com aquele cara. Ele não é seu namorado – você gostaria que fosse, mas não é. Aliás, quando o assunto é compromisso, ele escorrega feito água pelas suas mãos. O que fazer?

Apenas duas coisas: ou você o encosta na parede de uma vez ou se adapta à situação e tira o melhor proveito dela. Vamos analisar as duas possibilidades.

Se você soltar o verbo "ou fica comigo pra valer – só comigo – ou não tem mais jogo", ele será obrigado a tomar uma decisão. Ficar com você pra valer implica, na maior parte dos acordos românticos, namorar, assumir que você existe na vida dele, ser fiel. Se ele disser não – e você quiser manter sua dignidade – isso significa que vocês não vão sair mais (e provavelmente ele vai tentar fazer você abrir mão da sua dignidade). Portanto, ao fazer essa proposta, esteja preparada para sustentar as consequências. Se você manda o ultimato e três dias depois sai com ele sem compromisso, dançou: sua palavra virou geleia.

Se você encostá-lo na parede, também tem de estar preparada para que ele não insista num relacionamento sem amarras ou mesmo nem queira te ver de novo. Ruim se ele desaparecer? Hum, talvez. Ou talvez seja apenas uma abertura de espaço, uma limpeza de área, para que uma pessoa muito melhor chegue até você. Sem um espaço aberto, as novidades não chegam, ficam na fronteira, lá longe, impedidas de se aproximar. Isso sem contar que, se ele desaparecer sem qualquer problema, provavelmente esse caso estava respirando com a ajuda de aparelhos – e a máquina era você.

Agora, vamos pensar na outra opção. Você deixa como está, mas de forma alguma vai continuar jogando sob as mesmas regras. Chega de ficar à disposição dessa criatura! Se ele não tem compromisso com você, isso significa que você também não tem com ele. Então você está sendo fiel exatamente a quê? Aos seus sentimentos? Cuidado: eles podem se tornar um carrasco mais cruel do que todos os degoladores da Revolução Francesa juntos. Além disso, como seus sentimentos irão mudar se você continua em casa esperando o gajo aparecer?

Pegue seus amigos ou apenas sua bolsa e vá ao cinema, ao teatro, a parques, livrarias, bares, vá para a vida! E se algum gato chegar junto, deixe que ele se aproxime. Você não tem namorado, certo? Então... Desse modo, você não deixará de sair com ele – ele, o cara que não te pega nem te larga –, mas se permitirá conhecer outras pessoas. Já pensou em como seu astral vai mudar? Ao sentir essa mudança, é bem capaz que esse cara comece a pensar em ter você definitivamente na vida dele. Ou, o que é mais provável, você comece a pensar em tê-lo definitivamente fora da sua vida.

♥ Michael Jackson não era tão estranho assim

Literatura ficcional no Brasil não é a coisa mais rentável do mundo, mas escritores se viram. Uma das coisas que fazemos é reescrever o livro dos outros com dedos de fantasma, cujo corpo não se vê, mas a presença arrepia. Foi assim que dois dias depois da morte de Michael Jackson eu estava escrevendo um livro sobre ele.

A mim parece bastante claro que o astro perdeu a conexão com a realidade lentamente – com a realidade dele, o que é mais grave. Michael criou uma liturgia própria para a história de sua vida e nada, nem mesmo seu rosto no espelho, poderia demovê-lo de suas crenças. Me lembro de quando eu era adolescente: eu dizia que meu pai estava vivo quando ele não estava mais, eu inventava um namorado que não existia, contava que havia apanhado de seguranças quando o band-aid na minha testa escondia apenas uma espinha. Aquelas mentiras me pareciam tão necessárias na época que eu não me envergonhava de repeti-las à exaustão: eu acreditava nelas. Michael não era tão estranho assim, afinal.

Claro, temos a pedofilia. Dr. Stan Katz, o médico especialista em saúde mental encarregado de fazer um parecer sobre o astro no caso de abuso sexual contra Gavin Arvizo, concluiu o seguinte: "Michael Jackson é um rapaz com mente de uma criança de dez anos de idade. E ele age como faria um garoto de dez anos com seus amigos. (...) Se você percebe que isso acontece com crianças nessa idade, não pode qualificá-lo como um pedófilo. Ele realmente vive como se tivesse dez anos." Sim, garotos fazem troca-troca, batem uma juntos, vai saber o que rolou, mas eu apostaria que não houve curras violentas. Me lembro de quando eu tinha 19 anos... Eu vi aquele menino sentado num banco de pedra, me esperando, sob a chuva fina, vestindo jeans e camiseta, e não o uniforme da escola. Foi então que eu tive certeza: estava apaixonada no grau do irremediável e pela primeira vez na vida. Naquela tarde, ele sentou no meu colo e me beijou a boca. Eu não imaginava que pudesse experimentar tantas sensações ao mesmo tempo: medo, desejo, prazer, culpa, amor e, sobretudo, um intenso flutuar de alma. Namoramos escondido algumas semanas e, nesse período, nunca fomos além de beijos e abraços. Embora por fora fôssemos muito diferentes, por dentro minha sexualidade tinha a mesma idade dele: 13 anos. Michael não era tão estranho assim.

Outro ponto conhecido (e fatal): o astro se viciou em todo tipo de porcaria para suportar sabe-se lá quais dores. E eu, para concluir seu livro a tempo (o prazo era insano), tomei umas bolas para ficar acordada (com receita médica, como ele). Quando entreguei o arquivo pronto e finalmente pude dormir uma noite inteira, quem disse que eu conseguia? Meu corpo se desfazendo de cansaço e o sono... nada. Entrou em cena um calmante, dois, no terceiro, apaguei. Agora os dias estão lerdos, lesos, loucos, enquanto deixo a química ir embora de mim. Eu posso deixar que ela vá embora. E se não pudesse? E se milhões de dólares e milhares de empregos dependessem de eu levantar hoje e fazer um show? E se eu precisasse dormir depois desse show para fazer outro no dia seguinte? O que eu faria? Tomaria algo para acordar e depois algo para dormir e depois algo para... Michael não era tão estranho assim. Apenas exagerou na dose em tudo, inclusive no talento.

♥ Machismo feminino

Outro dia eu estava na casa de uma amiga, papeando, quando sua filha adolescente chegou do colégio. A menina pôs a mesa, esquentou a comida, preparou um suco, jantou, lavou a louça e foi para o quarto se pendurar na internet. Meia hora mais tarde, foi a vez do filho, um ano mais velho do que a menina, chegar do inglês. Qual não foi minha surpresa ao ouvir:

— Você me dá licença um minuto? Vou preparar o jantar do Felipe.

E lá foi ela. Pôs a mesa, fez um suco, esquentou o prato, o serviu e ainda por cima, atendendo ao pedido do adolescente-paxá, foi buscar o sal e o azeite na cozinha.

Só depois que o rapaz foi tomar banho e minha amiga estava definitivamente de volta ao sofá, após ter tirado a mesa, foi que eu tive coragem de dar uma indireta:

— Você não precisava fazer cerimônia comigo, podia ter feito o prato da sua filha, também.

Ao que ela me respondeu:

— Imagina, Stella, meninas têm que se virar.

Oh, céus! E meninos, não?

É claro que eu não achava que minha amiga deveria ter feito o prato da filha, essa foi apenas uma forma delicada de perguntar: "Por que diabos você trata sua filha de uma maneira e seu filho, de outra?"

Já é hora de nós, mulheres, fazermos um *mea culpa*. Os homens não são os únicos machistas do mundo. Pense comigo: se o machismo continua vivo – e ele continua –, a responsabilidade seria exclusivamente deles? Se 50% do mundo é feito de mulheres, será que nós não ajudamos a perpetuar o machismo de alguma forma?

Fazer comentários depreciativos sobre mulheres que exercitam sua sexualidade livremente é uma atitude machista. Catalogar como demônios mulheres que se apaixonaram por homens casados ou que tiveram relacionamentos extraconjugais é também machismo – sobretudo quando, num homem, a mesma atitude não causa qualquer espanto. Educar meninos e meninas de forma diferente, com dois pesos e duas medidas, é machismo. Se uma mulher acusa o chefe de abuso sexual e você pensa, "Ela não deve ter se comportado direito", ou seja, "a culpa é dela", sinto dizer, mas esse é um pensamento machista (até porque assediadores atacam indistintamente, chegando a preferir as recatadas). E tem mais! Uma mulher submissa é machista, na medida em que considera a opinião de um homem – simplesmente por ele ser homem – mais válida do que a sua. Portanto, submeter-se é ser machista – um machismo herdado, sem dúvida, mas não menos devastador.

Quanto a minha amiga, é terrível dizer, mas ela, sem se dar conta, está perpetuando um estado de coisas que só traz dor ao mundo. Dor a homens e mulheres: quando há papéis fixos de dominador e dominada ninguém consegue ser feliz.

♥ Estupro

Que um homem desconhecido, um desequilibrado, uma criatura forjada e endurecida num submundo paralelo (até submundo tem ética) fizesse o que ele me fez como se tomasse uma cerveja é possível, mas alguém que beija a palma da sua mão quando você está triste, que lhe mostra o esconderijo da chave de casa, que conhece sua mãe, seus amigos, que conhece você? É difícil de acreditar.

Esta foi a causa de eu ter ficado imóvel quando ele me violentou. Nessas horas extremas não há como prever reações: a dor vai direto para o corpo e, sem o raciocínio a conduzi-la, ele simplesmente fala ou grita ou chora ou quebra ou dói ou morre ou qualquer outra coisa que não faça sentido.

Quando ele foi ao banheiro, cheguei a pensar que havia morrido e me transformado num fantasma (invisível, inodoro, imaterial) e ele apenas se masturbara violentamente enquanto eu, espírito errante, deitara ali, bem naquele momento, por descuido: tudo não passara de um grande engano! Não, nenhum engano: o mais difícil para uma mulher violentada por um conhecido é ela se convencer de que houve, sim, um estupro.

Antes que ele voltasse, fui embora. Na minha casa, a primeira coisa que fiz foi entrar no chuveiro. Sozinha, sob a água quente, senti náuseas, tonturas e cólicas: meu corpo tentou – até o limite em que um corpo pode, expelir resíduos de si mesmo – expulsar desesperadamente qualquer lembrança daquilo.

Uma imagem – naquela época recente – se desenhou quando fechei o chuveiro e os olhos: nós havíamos ido juntos a um show e depois de horas em pé (imobilidade imposta pela multidão que nos cercava) me agachei enlaçando suas pernas numa posição claramente canina. Daquela maneira permaneci enquanto ele acariciava meus cabelos – exatamente como faria se um cão lhe roçasse os joelhos. O mesmo carinho. A mesma intenção. Um cachorro.

As dores físicas se tornaram insuportáveis (as emocionais permaneceram insuportáveis por muitos anos). Madrugada no pronto-socorro. Luzes brancas sem manutenção piscavam no corredor estreito. O médico, ao ver as marcas no meu corpo, perguntou: "Você quer fazer algo a respeito disso?". Minha insegurança, meu medo e minha vergonha disseram "Não".

Os estudiosos analisam corpos marcados, medidas de mordidas, restos de pele sob unhas, líquidos nas entranhas, espessura e profundidade de arranhões. E o resto? E quando eu o aceitei sobre mim, sem vontade? E quando me calei numa festa em que ele insinuou que eu era burra? E quando parei de sair com meus amigos porque ele tinha ciúme? Quem era meu agressor, então? Onde, meu algoz? Eu disse "não!" naquela noite, disse bem alto, repeti, implorei, mas era tarde: eu já havia ensinado àquele homem que meus desejos eram negligenciáveis.

♥ Quantos homens é o ideal?

Eu detesto passar horas no salão de beleza, mas, em nome do desejo de não me transformar em uma ogra dos infernos, lá vou eu: e haja paciência para fazer unhas, encarar a tiazinha da depilação, ficar com papel alumínio e descolorante na cabeça e por aí vai.

Às vezes, porém, a ida ao salão pode ser interessante. Eu, outro dia, presenciei duas moças numa acirrada discussão. Uma defendia que era fundamental para a mulher ter vários parceiros sexuais na vida, a outra acreditava que, quanto menos parceiros (de preferência um), mais garantida será a devoção do escolhido e, por consequência, melhores serão os momentos de intimidade com ele.

— Deus me livre ser uma dessas mulheres que se esquecem de quantos homens elas já tiveram! — disse a mais nova.

— Deus me livre não saber diferenciar um cara bom de cama de um completo robô! — replicou a outra, dona de uma cabeleira ruiva.

E eu ali, quieta, pensando.

Eu achava que havia alcançado uma certa maturidade sobre a questão, mas o fato é que a cada dia me sinto mais ignorante. Listei, mentalmente, os homens que tive e percebi que com a maioria deles eu só transei uma única vez, o que não me faz a mulher experiente que eu pensava ser. No fim das contas, a relação mais superficial, a menos íntima, a mais gélida, a mais flácida, que se pode ter com alguém é sexo. O oposto também é verdade – embora mais raro.

Não concordo com a ruiva que defendia a tese de que ter vários parceiros é garantia de uma vida sexual plena: é possível ter mil homens e continuar tão travada e ignorante a respeito quanto um pé de alface. No entanto, também não concordo com a moça que achava que a mulher tinha de ter um único parceiro por toda a vida, pois isso faria com que ela fosse valorizada pelo escolhido e o sexo se tornasse incrível. Sexo incrível com carimbo e tudo? Me parece que ambas estão erradas. Ou talvez ambas estejam certas: cada mulher, afinal, escolhe o caminho que mais lhe convém.

Sócrates, há 2.500 anos, foi buscar os conselhos da pitonisa (uma espécie de médium da época) no oráculo de Delfos, na Grécia. Ela, em transe, profetizou ser ele o homem mais sábio do mundo. Depois de ter buscado compreender as palavras da pitonisa, Sócrates, exausto, chegou a uma conclusão: "Tudo o que sei é que nada sei." Nesse instante supremo, nascia o filósofo: o homem mais sábio do mundo. Se a sabedoria começa quando nos damos conta da imensidão da nossa ignorância, talvez eu tenha me tornado um pouquinho sábia naquele prosaico salão de beleza.

♥ O silêncio é uma resposta

Ela ligou. Ligou para ele de novo, embora tenha jurado de pés juntos nunca mais fazer isso. Ela sabe o número de cor: pensou em se proteger esquecendo-o logo após a discagem, mas de que adianta? Enquanto houver agenda, arquivos, internet, lista telefônica, conhecidos, nada poderá impedi-la de se lançar no abismo. Sim, porque ligar para ele é se lançar, sem equipamento de segurança, num dos abismos mais escuros e pontiagudos do planeta: o seu silêncio.

A hora se aproxima. Atenderam. Foram chamá-lo. Começou. O nada. Acompanhado por uma banda de nada. Escoltado por uma ciclovia de nada – o silêncio dele anda em ciclovia. Nessas horas, em meio ao quê, ela supõe, deveria ser uma conversa telefônica e não um manco monólogo, ela se pergunta por que ainda está ali agarrada ao aparelho esperando uma migalha de carinho ou um elogio bobo. Comboio de nada. Alcateia de nada. Do outro lado da linha, monossílabos são oásis dos quais ela tenta extrair o suficiente para seguir.

É aí, exatamente aí, que ela se pergunta, bastante receosa de uma resposta afirmativa, se não é ela quem está inventando alguém que não existe, uma paixão que nunca existiu, uma dor que não deveria existir.

Graham Bell, quando inventou o telefone, deve ter pensado na utilidade dos seus serviços, como chamar um médico em alta madrugada, avisar a um parente distante do falecimento de um membro da família, fechar um negócio de maneira rápida, desmarcar compromissos com pouquíssima ou nenhuma antecedência... Provavelmente, no seu entender, catástrofes poderiam (como de fato podem) ser prevenidas ou amenizadas. O que ele nunca pensou, nem pôde imaginar, era que alguém, algum dia, precisaria desesperadamente do telefone para... sentir. É, sentir!

Ela não desliga, apenas espera. Não seria mais fácil ele explicar a ela por que esse tratamento gélido, de repente, roubou a cena há tão pouco tempo preenchida por paixão? Não seria mais digno ele lhe dar logo um claro pontapé nos fundilhos?

O que ela não entende (o que ela até entende, mas não quer aceitar) é que se calar é dizer alguma coisa, não dizer nada é dizer algo muito relevante. O silêncio é uma resposta: a resposta mais contundente que um homem pode lhe dar.

♥ Puxando o freio

Kundalini é o nome do chakra pelo qual as energias sexuais deveriam fluir. Deveriam, mas não fluem: não sei o seu, mas a minha kundalini está estourando com energias acumuladas de todo tipo e tamanho.

O que mais dói, porém, disse uma amiga, não é a ausência de um bom sexo (aquele com carinho: raro, raro), mas represar a inundação causada por um bom sexo, ter de puxar o freio de mão em alta velocidade, ou, em português claro, lidar com a frustração de não ter uma segunda noite com o homem que deu tudo o que você queria na cama.

Esse tudo varia ao infinito – o que é pra você? Encaixe, orgasmo, olho no olho, carinho, encantamento, beleza, pele, cheiro, amor. Você acha que é impossível rolar amor numa primeira transa? Hum... Me parece que não existem impossibilidades quando duas pessoas se encontram: do melhor ao pior, tudo pode acontecer. Dizem que a paixão pode ser imediata, mas que o amor só vem com tempo: mas quem faz essas regras? E se a inundação da kundalini traz tudo ao mesmo tempo? Eu não duvido. Em matéria de gente, eu não duvido de nada.

Há algumas semanas minha amiga teve uma daquelas noites em que vieram à tona todas as energias represadas, todas as águas femininas que se escondem Deus sabe onde, todos os orgasmos que deveriam ter sido e não foram, todos os olhares que perfuram a alma, todo o suor que cola dois corpos como um chiclete, todo o fluxo intenso da kundalini. E o responsável por essa noite não estava no Tibet imantando o mundo com vibrações de longo alcance, não: era um rapaz com nome, sobrenome, endereço, profissão, perfil no Orkut e no Facebook, cachorro.

Então ela acordou no dia seguinte com todas as tensões do corpo soltas, todos os calos da alma lisos, todas as lutas rotineiras subitamente minúsculas, ela acordou rodando a 1 bilhão de quilômetros por hora, na velocidade da luz ela se tornou uma larga e fluida faixa branca. Por isso ela quis vê-lo de novo e de novo e de novo, mas... Ele pareceu distante no MSN, ele não respondeu ao seu torpedo, algo desencaixou.

Então ela, a mais de 1 bilhão de quilômetros por hora, teve de reduzir a marcha – e reduzir a essa velocidade significa praticamente puxar o freio de mão. Sim, ela deu um cavalo de pau. E está agora aqui na minha frente se perguntando: "Se foi tão bom pra mim, como pode não ter sido bom para ele também?"

Não sei, minha cara. Mas sei que puxar o freio de mão é o que mais a gente faz na vida. Bem-vinda ao clube.

♥ Faz tempo que não me apaixono

Outro dia eu conversava com um amigo quando ele fixou o olhar em sua xícara de chá de hortelã. No entanto, ele não enxergava a xícara: aquele era o olhar parado de quem vê o que está dentro e não fora. Seus olhos poderiam ter pousado numa xícara, numa mosca morta, num tíquete de cinema jogado no chão ou no meu cotovelo, tanto faz. Foi assim, olhando para dentro, que meu amigo se deu conta de um fato insólito: "Faz tempo que não me apaixono!"

Como um dardo, a frase passou pela xícara, cruzou a pequena mesa, atravessou, furiosa, minhas roupas: faz muito tempo que não me apaixono também. Veja só, ele ainda usou um ponto de exclamação em sua frase, eu, nem isso. Para falar a verdade, nem me lembro da última vez em que me apaixonei, não lembro por quem foi, por que acabou, não restou rastro algum na memória. Como é mesmo essa coisa de se apaixonar? Costumava ser aflitivo, todavia curiosamente bom.

Sem perceber, criei um antídoto para a paixão: eu deixo que o homem que me interessa se mostre, seja lá qual forem suas muitas faces. As queixas mais absurdas, os comportamentos mais bizarros, os desejos mais inconfessáveis, ou apenas as dores comuns, a tudo eu dou guarida, como um bom e discreto padre. Nada me choca, nada me conforta, nada me irrita: eu apenas ouço. E, quanto mais ouço, menos espaço há para a paixão florescer (apaixonar-se é um fungo que se multiplica na umidade da ilusão). A teoria, na prática, funciona muitíssimo bem: cá estou eu, não sinto nada, faz tempo. Nada de qualquer coisa que se sinta.

Poliana diria: "Há de aparecer alguém cujo rosto revelado seja tão belo e bom que você irá se apaixonar. E, quanto mais o conhecer, maior o sentimento será." É, pode ser. Eu gostaria, eu abriria minhas mãos: é estranho esse limbo inodoro, imaterial, insosso no qual me encontro.

Cresci com minha mãe não apenas apaixonada pelo meu pai, mas venerando-o. Havia por todas as paredes e prateleiras, retratos, pinturas e fotografias de meu pai e seu olhar imponente. Nas minhas paredes há o Charlton Heston como Ben-Hur e o Marlon Brando como Stanley Kowalski. Há também umas pequenas fotos de mim criança e uma de meu pai relaxadamente fumando no meio da rua – fumando um dos muitos cigarros que criaram um câncer em sua garganta. Deus teve a bondade de levá-lo como eu espero que me leve um dia, não tão já e sem muito estardalhaço de preferência. Em silêncio. Se bem que em silêncio eu já estou – e não é nada bom.

♥ Estou falando só de gatos?

Parou de chover finalmente. As luzes dos bares se apagaram, os gerentes cerraram as portas de aço e até os bêbados tardios já alcançaram ruas mais distantes.

Estou sentada no chão, em frente à imensa janela do meu apartamento, observando a rua deserta. O asfalto negro, molhado, brilhante. Nenhum movimento a não ser o semáforo inutilmente mudando de verde para amarelo para vermelho. Não há solidão maior do que um sinal funcionando de madrugada numa rua deserta. E é lindo.

Além do semáforo lá fora, algo se mexe na penumbra: é um gato rigorosamente vira-lata que eu trouxe para casa no começo do ano. Minha irmã acredita que Laio me acompanha com devoção onde quer que eu vá porque eu salvei sua vida. Mas eu não salvei a vida de Laio: ele mesmo fez isso ao se arrastar, filhote, ferido e faminto, do mato até o spa em que eu passava férias.

Minhas duas outras gatas recepcionaram Laio como um intruso e até hoje eles se engalfinham em brigas típicas de beco vagabundo. Agora eles não arrancam mais sangue um do outro, apenas se suportam e deitam os três na minha cama – cada um numa ponta diferente. Nunca interferi nessas brigas, mas sempre torci para que Laio saísse inteiro. Ele é meu preferido.

Desnaturada, alguns me dizem, animais de estimação são como filhos e você deveria amá-los igualmente. Ora, mas não amo! Desenvolvi o estranho hábito de me aproximar de quem gosta de mim – e me afastar de quem não gosta ou parece não gostar.

Emma é mansa e indiferente como um peixe. Não pede e não dá carinho, levando uma existência quase nula, a não ser por seus pelos longos que volitam em tufos pela casa. Já Gerda, a mais bonita dos três, preta de olhos verdes, pede carinho todos os dias – pede, mas nunca dá. Seu espectro embeleza a casa e confere a ela um tom sutilmente fantasmagórico.

Então chegou Laio, de temperamento carinhoso, dócil e alegre. Ao ser abraçado, ele passa delicadamente as patas pelo meu rosto, com o cuidado de manter as unhas encolhidas. Laio não rejeita um bom colo, ronrona, se revira, joga as patas imensas para o ar num abandono tão confortável que é impossível não se contaminar. Difícil apenas é fazer faxina: ele confunde o ritmo da vassoura com alguma brincadeira felina e segue espalhando poeira e agarrando minhas pernas – sempre sem usar as unhas afiadíssimas.

Por que eu deveria amar as gatas que comem minha comida, espalham pelo casa afora e não tomam conhecimento da minha existência, a não ser para, eventualmente, pedir um carinho que não retribuem? Por que eu deveria rastejar esperando seu amor? Ou, ainda, por que diabos eu deveria cobrá-lo? Amor é sempre espontâneo – se não for, não é amor, é barganha. Eu gosto das minhas gatas, cuido muitíssimo bem delas, mas não as amo, nem elas a mim. É a vida.

Já Laio esparge sem mesquinharia um coeficiente infinito de amor e recebe em retribuição um coeficiente infinito de amor. Atenção gera atenção. E desprestígio gera desprestígio. Você acha que eu estou falando só de gatos?

♥ Sexo faz bem pra pele – e mal também!

No início do ano, rolei por gramas estranhas (sozinha, infelizmente) e peguei bicho geográfico – que coça como um diabo coberto por sarna. E, para arrematar, o remédio contra bicho geográfico me deu alergia, alergia que... coçava! Portanto, posso dizer com segurança: o inferno não é feito de gelo, como o nono círculo de Dante; nem de fogo, como o inferno pagão e o cristão; muito menos é uma sala onde o tempo é ininterrupto, como o de Sartre. Senhoras e senhores, o inferno é uma grande coceira – de onde apenas Lady Cortisona me tirou.

Lembrando dessa minha incursão pelo inferno, uma amiga aparece lá em casa pedindo socorro: ela estava inchada e sua pele coberta por uma áspera crosta vermelha. Suas unhas pequeninas não paravam quietas: ela se contorcia para conseguir, ao mesmo tempo, se coçar da cabeça aos pés.

– O que houve, menina?

Ela não sabia, não fazia ideia. Queria apenas um remédio, um unguento, uma poção milagrosa.

– Primeiro você precisa saber o que causou essa coceira, tem de ir a um médico. Você comeu, bebeu, fez algo diferente esses dias?

Não, ela não havia feito nada de extraordinário, a não ser ter transado com um cara na quinta, com uma mulher na sexta e com um casal no sábado, tudo regado a maconha e vodca. Mas minha amiga disse que estava lidando bem com isso, que as experiências foram boas.

— Ah, estou vendo que foram mesmo ótimas! Se você tiver experiências melhores é capaz de morrer de tanta felicidade.

Dizem que sexo faz bem para a pele — e faz mesmo, por causa da hiperventilação. Se você passar uma hora hiperventilando (respirando bem forte e rápido e fundo) sua pele ficará linda e rósea e quente como após uma boa noite de sexo. Só que sem estímulo fazer isso fica um tanto difícil — e ridículo.

Sexo também faz bem para a pele porque, como escreveu Gabo (Gabriel García Márquez) no soberbo romance *Do amor e outros demônios*: "Não há remédio que cure o que a felicidade não cura." Dependendo da companhia, a alma viaja e leva nossa carne com ela: ao voltar, você continua por dias como que presa a fios invisíveis que te puxam para cima, pro alto, pro bem. Você fica leve — e com a pele ótima.

Só que sexo também pode fazer muito mal para a pele (e nervos, músculos, vísceras, tudo). Nessas horas, você não sente nada que não parta do físico e, enquanto a ação acontece, sua alma fica sentada ao lado, lixando as unhas. Pior é quando a alma nem mesmo lixa as unhas, apenas se desprende de um corpo abandonado e se debate pelo quarto, confusa e alienada. Depois o corpo incha, dói, avermelha, coça. A grande coceira do inferno, que não é o de Dante, de Cristo ou de Sartre: um inferno que é todo seu.

♥ Medeias modernas

Você fecha o livro, chocada. Absolutamente chocada. *Medeia*, a tragédia de Eurípides, é uma das obras literárias mais cruéis de todos os tempos.

Vamos à história: Medeia jamais mediu esforços para favorecer seu amado, Jasão. Após uma série de aventuras, eles se estabelecem em Corinto e, para espanto de Medeia, Jasão, com a cara de pau que Deus lhe deu, desposa a filha do rei Creonte. Ao saber da traição do esposo, Medeia não levanta a fronte, não tira os olhos do chão, não se alimenta, se abandona à dor, se consome em lágrimas e ouve as consolações dos amigos dura como um rochedo.

Jasão jura de pés juntos a Medeia que seu objetivo, ao se casar com a filha do rei, é dar irmãos reais aos seus filhos (seus dois filhos com Medeia) e, assim, protegê-los quanto ao futuro incerto. Verdade ou não, ela está por demais ferida para ser razoável. E decide se vingar.

Qual a vingança de Medeia? Matar o rei? Matar a nova companheira de Jasão? Sim, ela faz isso. Envenena uma coroa, um vestido e manda de presente para a noiva. Ao tocar nas peças, a moça morre vítima de crudelíssimos padecimentos. O rei Creonte igualmente perece ao tentar ajudar a filha. Mas esse ainda não é o cerne de sua vingança.

Cega pelo rancor de mulher rejeitada, Medeia usa um punhal e assassina os próprios filhos, indiferente a seus gritos infantis. Por fim, exibe, de longe, seus corpinhos inertes para um

Jasão em desespero. Ele implora para abraçar os filhos uma última vez e os sepultar, mas Medeia, no arremate de sua vingança, não permite e vai embora.

Você lê a tragédia e pensa: "Impossível uma mãe chegar a esse extremo." Será? Será mesmo? O que você diria sobre formas metafóricas de matar os próprios filhos? O que você diria sobre as Medeias modernas?

As Medeias modernas usam as crianças como instrumentos de ataque ao ex. Elas insuflam seus filhos contra ele. Elas envenenam consciências infantis com tormentos que pertencem apenas à história de duas pessoas adultas. Não raro, elas conseguem exterminar ou reduzir drasticamente o convívio das crianças com o pai.

Em seu supremo egoísmo, as Medeias modernas se disfarçam atrás da natural preocupação que mães têm com seus filhos: "Estou fazendo isso pelo bem deles!" A não ser que o ex em questão seja um pedófilo ou alguém com pós-graduação em violência, elas não estão pensando no bem das crianças coisa nenhuma. As Medeias modernas estão fazendo isso por vingança: amarga, quente e crua vingança. Corinto, quem diria, é aqui.

♥ Futuro da relação

Semana passada a bruxa estava solta. Duas amigas me ligaram para desabafar, ambas com o mesmo problema: seus namorados, cada um a sua maneira, lhes deram uma ducha de água fria no quesito futuro da relação.

Quando um homem nos diz que quer ficar apenas no aqui e no agora, que não quer nem pensar em ter filhos ou que não se vê no futuro dividindo a vida conosco, é como se ele nos dissesse, sem anestesia, "eu não quero você". Sabemos, racionalmente, que essas são rejeições parciais, que há um lado deles que gosta – e bastante – de nós, mas é impossível não se fazer algumas perguntas. Que diabos eles estão fazendo com a gente? Passando tempo? Economizando com garotas de programa? Ensaiando para quando a mulher dos sonhos aparecer? Aquela com a qual eles não se negarão a pensar no futuro?

Rapazes: quando falamos em ter filhos ou em ficar junto de vocês para sempre não significa que pretendemos fazer isso no dia seguinte, sequer que pretendemos realmente fazer isso – o que não deixa de ser meio leviano, concordo. Planejar um futuro a dois é compor um ninho afetivo sem o qual não conseguiríamos gozar da felicidade do aqui e do agora. Nós, mulheres, somos como o mendigo do filme *Dodeskaden*, de Kurosawa. Ele conseguia driblar a aspereza da vida construindo mentalmente e em minúcias uma casa para ele e seu filho – um sonho que, no filme, não havia a mais remota possibilidade de se concretizar. Nós saboreamos os planos de um futuro a dois que talvez nunca aconteça porque isso faz com que nos sintamos amadas e seguras diante das asperezas da vida, porque isso dá algum alento ao pavoroso deserto emocional das madrugadas de quarta-feira, porque isso pode acontecer um dia e pode ser muito bom.

É bastante provável que nossos planos e sonhos não se realizem, nós sabemos disso. Mas sermos proibidas de sonhar – pois a negação dos homens em compartilhar desses sonhos são proibições bem claras – é, para nós, esvaziar todo e qualquer sentido que um namoro sério possa ter.

E agora? Vamos brincar eternamente de casinha, incorporar o nariz de palhaça, trocar de namorado?

Aceitar os limites deles, viver um dia de cada vez, aproveitar o que está gostoso agora talvez seja o mais sábio a fazer (apenas se a relação estiver realmente gostosa). Minhas amigas chegaram a essa conclusão e disseram a seus namorados: "Se pensar nisso é tão complicado para você, vamos viver o presente, por enquanto." Muito bem. Mudar é válido, é útil, é importante para um relacionamento crescer, mas só um lado tem de fazer esse esforço? Eles também precisam se propor a pensar na ideia de um futuro a dois de vez em quando senão uma imensa nódoa de mágoa se instalará no relacionamento. E, de mágoa em mágoa, futuro é a última coisa que há de pintar por aí.

♥ Depois do perdão

Perdoar uma traição é sempre louvável: ninguém discute. O problema se dá, às vezes, após o suposto perdão – quando ele é suposto e não verdadeiro. Há quem perdoe o outro só para fazer dele um eterno refém, como Lavínia, uma amiga de um primo meu. Agora que já comecei, melhor contar a história toda, não é?

O namorado da Lavínia (eu o apelidei de Senhor-N) há dois meses soltou uma bomba: numa viagem com amigos, ele transou duas vezes com uma garota. Ao voltar para casa, Senhor-N achou melhor contar a verdade à namorada. Lavínia quebrou três pratos, uivou, chorou e depois o perdoou, ou melhor, disse tê-lo perdoado. No entanto, a partir daí, a vida do Senhor-N se tornou um inferno: tudo é motivo para Lavínia trazer à tona a traição e humilhá-lo na frente de qualquer um (inclusive de mim, que não tenho nada a ver com isso). Senhor-N, por culpa e autopunição, tem suportado pacientemente os chiliques da namorada. Até quando, não sei.

Quem olha de fora vê uma menina traída dando uma nova chance ao namorado sem-vergonha. Mas eu sei que Lavínia nunca traiu o Senhor-N não por ser virtuosa, mas por falta de oportunidade: ela se desmancha, e não é de hoje, pelo meu digníssimo primo.

Usando seu poder de santa do pau oco, cada vez que o Senhor-N faz menção de olhar para o lado, Lavínia, com o dedo em riste, o lembra de que ela o perdoou e que, por isso, merece devoção absoluta. Não, Lavínia, isso não é perdão: é ódio. Ódio porque meu primo nunca te deu bola. Ódio porque seu namorado não transou apenas uma vez com a garota, mas transou duas, e você sabe que se ele tivesse ficado mais tempo viajando essa conta subiria.

Quanto ao perdão, ele tem de ser 100% verdadeiro, senão vira instrumento de tortura. Perdoar significa aceitar a humanidade nos seus aspectos obscuros, aceitar que você poderia fazer a mesma coisa que critica e que o perdão só é capaz de libertar uma pessoa do mergulho em mágoas pestilentas: você.

Mais uma pequena observação: por que o Senhor-N precisou se ajoelhar no milho da culpa? Pra que contar à namorada? Teve a sensatez de usar camisinha? Então boca fechada, rapaz! Se foi capaz de sair com outra, tem de ser capaz de lidar com seus próprios demônios. E da próxima vez, vê se vale a pena segurar a onda.

♥ Agora nós dois somos um

Estava eu num restaurante com um casal que conhecera há pouco, quando presenciei, entre os dois, o seguinte diálogo:

– Estou com vontade de comer frango, e você? – ele perguntou.

– Não estou muito a fim. Que tal peixe?

– Você sabe que eu não gosto de peixe.

– Hum... Topa uma carne? – a mulher sugeriu.

– Não, carne me deixa o estômago pesado.

– Carne magra...

– Não.

– Então, a gente pode pedir uma massa pra quebrar o galho.

– É, uma lasanha, pode ser...

Essa conversa aparentemente banal – que não foi motivada por problemas financeiros – me fez lembrar de uma frase, muito usada para e por casais, frase que me causa calafrios: "Agora nós dois somos um."

A ideia de que ao namorar, casar ou juntar nós passamos, imediatamente, a fazer parte do outro é uma das maiores fontes de infelicidade entre casais. Não, nós não viramos um. Dois continuam sendo dois, com suas individualidades, seus desejos, seus prazeres, seu modo de pensar, de sentir e agir, dois distintos, juntos por opção, não por osmose. Juntos, não misturados.

Lembram daquelas massinhas de modelar da época da escola? Quando a gente pegava uma azul e misturava com outra amarela o que dava? E uma verde com outra vermelha? O que dava? Dava nada. Dava cinza. As massinhas, quando misturadas, quando sovadas uma na outra, perdiam a cor original, viravam uma meleca cinzenta. É exatamente isso que acontece com um casal quando ele cisma em levar adiante essa história de "nós dois somos um": os dois acabam virando uma massa cinza. E dá-lhe engorda, dá-lhe depressão, dá-lhe pânico, dá-lhe enxaqueca e mais todas as doenças somáticas juntas para sustentar essa antinatural perda da individualidade.

Eu insisto: nós nunca, nunca deixamos de ser independentes, únicos, livres, vacinados, senhores do nosso prazer e destino. Podemos permitir que uma outra pessoa se misture em nós a ponto de não sabermos mais quem somos, mas creia, isso não é bom, isso não é amor, muito menos prova de amor.

Há casais que se forçam a dormir no mesmo horário, que jamais entram em salas diferentes quando vão ao cinema, que não admitem que o seu amor possa sentir desejo por outras pessoas, que não admitem o próprio desejo por outras pessoas, que não viajam sem a cara-metade, que se metem em passeios que detestam como churrasco com pagode, piscina com maionese ou bossa nova com uísque apenas para não deixar o outro se divertir sozinho. Por que tanta insegurança e mutilação? Pra quê? Ah, sim: para ser um!

Quando duas pessoas me dizem "agora somos um", para mim, isso significa que elas passaram, cada uma, individualmente, a valer o mesmo que meia pessoa. Em vez de ganhar algo, elas perdem quase tudo.

♥ Repetição, repetição, repetição

Foi inevitável a comparação quando ela conheceu Fábio: ele se parecia muito com um homem que, durante alguns anos, havia sido a loucura de estimação dela (loucura de estimação é um exímio dominador que te põe louca, mas que não fica com você – e jamais ficará).

Fábio era professor de inglês, como o outro. Tinha o mesmo corte de cabelo do outro, mas com um caimento ainda mais devastador. Fábio gostava de Nelson Rodrigues e Oscar Wilde, como o outro. Fábio possuía, em tudo, o mesmo tipo do outro, embora fosse mais alto, mais bonito e mais forte.

Ela não teve qualquer escrúpulo: desejou que tudo que o outro não deu a ela, Fábio desse – e desse mais, desse melhor, desse em dobro. Curiosamente, Fábio parecia estar disposto a seguir seu *script*. E seguiu.

O outro havia transado com ela apenas uma vez, embora tenha permanecido por perto como um siriri ao redor da lâmpada. Já Fábio nunca deixava que ela saísse da cama antes que duas camisinhas fossem devidamente recheadas, às vezes três. Quando estavam juntos havia nove semanas, porém, Fábio insistiu num ponto delicado.

– Por que você nunca goza comigo? Qual o problema?

As desculpas já haviam se esgotado: não era a primeira vez que ele tocava no assunto. Como ela poderia confessar que aquele romance não passava de uma tentativa de compensação? Como dizer que ele lhe dava tudo que o outro não tinha dado e quê, no entanto, ela continuava sem sentir nada? Como admitir que Fábio era apenas uma intenção de emplastro sobre o seu ego dorido?

– Fábio, eu sou uma canalha. Você me lembra alguém de quem gostei muito e eu te usei. Pode me mandar embora. Aliás, nem me mande, eu mesma vou.

Fábio segurou seu braço com força o bastante para que ela não ousasse se mexer e, seriíssimo, convidou:

– Eu quero que veja uma coisa.

Ele a levou até o quarto, abriu um dos armários, puxou da prateleira mais alta uma caixa verde, abriu-a e mostrou a ela seu conteúdo. Havia ali várias preciosidades, todas referentes a uma mulher italiana incrivelmente parecida com ela: os mesmos cabelos, os mesmos olhos, a mesma profissão, a mesma pele, os mesmos gostos, os mesmos arroubos.

Depois de um longo silêncio, Fábio disse:

– Pode me chamar pelo nome dele, se quiser. Eu não me importo, mas fique.

Ela não ficou. O problema não era a substituição mútua na qual aquela relação havia se baseado: o problema era que ela não sentia nada.

Será que nossos amores são cópias mais ou menos fiéis de uma mesma matriz? Ou, considerando que não nos apaixonamos apenas uma vez na vida, de algumas pessoas-chave, pessoas-base, pessoas-matriz? O próximo amor é sempre uma tentativa de remendar os anteriores? Será que todo mundo que nos interessa nos lembra alguém e assim seguimos, requentando vísceras há muito apodrecidas? Será?

♥ Não é uma joaninha!

Mamãe sempre disse que joaninha dá sorte e que, quando uma entra em casa, a gente deve deixar que ela se instale, além de lhe estender as mãos e permitir que ela suba em nossos braços, faça cócegas por entre nossos pelos e fique o tempo que desejar. Eu, como todas as crianças, segui acreditando nos mitos maternos, até que... eu sonhei com uma joaninha kafkiana.

Havia uma joaninha na minha sala, graciosa, minúscula e eu, contente, brincava com ela dizendo o óbvio: "Que joaninha linda!" O inseto formoso armou suas pequenas asas, levantou voo e pousou no meu braço direito. Deixei que ela andasse por ele, ainda dizendo "Que joaninha linda!". Então ela começou a criar uma crosta escura, a se espichar, a abrir asas marrons, a engrossar as patas, a se parecer cada vez mais com uma barata enquanto eu continuava dizendo: "Que joaninha linda!"

O bicho então entrou sob o meu vestido, começou a percorrer meu corpo e eu, numa semiaflição, negando a realidade, ainda dizia: "Ah, que joaninha linda, não é?"

Não, não era. Já era uma barata cascuda, mas eu não conseguia admitir. Mesmo não aceitando o fato, me sacolejei até que o inseto repugnante caísse no chão. Era obviamente uma barata. "Que joaninha linda", minha voz hesitante ainda sussurrou antes que o bicho abrisse e fechasse as asas, arrancando de mim um grito.

Então, para meu horror, a joaninha-barata continuou crescendo: foi se metamorfoseando até se tornar uma chinchila imunda a se retorcer no chão da minha sala. Eu peguei um martelo e, desesperada, soquei a cabeça da criatura uma, duas, três, dez vezes, gritando: "Isso não é uma joaninha! Isso não é uma joaninhaaaa!!!"

Acordei. Será? É comum eu ver uma joaninha se transformar em barata e continuar dizendo, para mim mesma, sobretudo, que aquilo é uma linda joaninha. E você, amiga leitora, também faz isso nos seus relacionamentos românticos? Você também ouve coisas que te magoam, vê situações que não te agradam, suporta humilhações agudas, e vai fingindo que nada disso existe, que tudo pode ser contornado? Você continua chamando baratas e chinchilas em convulsão de joaninhas?

Eu proponho uma espécie de ritual libertador. O ideal seria que fôssemos para uma floresta a fim de evitar intrusos, mas o ritual pode ser adaptado para um apartamento. Pronta? Pegue alguma foto dele. Depois coloque uma música barulhenta no último volume para manter a privacidade do seu grito. Por fim, antes de atear fogo à foto (use uma panela para não incendiar sua casa), olhe bem para aquela cara de pau que o diabo lhe deu e grite alto o bastante para que você possa ouvir: "ISSO NÃO É UMA JOANINHAAAAA!!!!" Quem sabe, finalmente você consiga ver esse homem como ele de fato é: nada além de uma chinchila peçonhenta a se retorcer no chão da sua sala.

♥ Eles não aguentam

Sabe aquele conhecido jogo em que o cara só quer transar e a mulher, além de querer transar (e muito, por favor), deseja mais da relação? Claro que sabe: qualquer criatura nascida sob o manto de Vênus e que tenha alguma vida sexual conhece de cor esse jogo.

Outro dia, meu amigo Eduardo Haak escreveu uma crônica em que reverenciava a mulher não apaixonada. Dias depois, ele me contou que iria sair com uma moça na quinta-feira. Quando a quinta chegou, porém, lá estava o escriba pendurado no gancho virtual do MSN.

– Ué, você não tinha um encontro hoje? Que houve?
– Ela mudou de ideia. Eu a bloqueei, fim de papo.
– Mas por que você a limou assim?

E lá veio a lista: ela botou a maior pilha nele e quando o encontro se aproximou, a moça deu pra trás, ela se mostrou muito a fim quando não estava, ela mudou de tom de repente etc. etc. etc.

Balela, meninas. Tudo balela. Eduardo bloqueou a moça simplesmente porque ela não estava apaixonada por ele. Porque ela não fez as unhas só para encontrá-lo. Porque ela nem se incomoda de sair com ele sem estar depilada. Porque ela não o põe em primeiro lugar.

Ela disse que queria apenas sexo e quem é movida só por sexo, quem não conta com o afeto para estimular a libido, pode mudar de ideia de acordo com o vai e vem dos hormônios:

para ele, e para boa parte dos machos humanoides, estar à mercê de um desejo exclusivamente físico da mulher é insuportável.

Esse fardo que nós carregamos, ao qual nós tentamos nos adaptar, esse jogo árido do "estamos só transando", eles, nossos queridos, não têm a mais remota capacidade de bancar. Eles proclamam não estar apaixonados pelas mulheres com quem saem, eles juram que não querem que elas se apaixonem, mas aí está o embuste: se elas não estiverem apaixonadas, eles não aguentam.

Acompanhei de perto várias histórias desse tipo. A primeira noite em que Alba e Tiago ficaram juntos, ele fez um pedido: "Diz que me ama. Eu sei que é mentira, mas diz." Alba disse. E Tiago disse também. E passaram meses um dizendo isso pro outro, apenas a pedidos, apenas na cama, e apenas a serviço da ilusão.

Um dia, Tiago comentou que se uma mulher o procurasse apenas pelo sexo, ele não se importaria, que acharia até bom. Alba, que não costuma ficar calada nessas horas, sibilou:

– Mentira. Você não suportaria não ser amado.

Tiago ficou alguns minutos em silêncio pensando, pensando, e então concordou com ela: de fato, ele não gostaria de estar nessa posição (a mesma posição em que ele havia colocado Alba e que Alba se deixou ficar).

Pois é, meninas, eles não aguentam, mas a gente, pelo visto, tem de aguentar. Ou... será que não tem?

♥ Círculo vicioso

Você diz: chega, ficamos por aqui, acabou, eu não mereço esse tipo de tratamento, não aceito, não quero, fim. E, apesar de estar apaixonada, consegue manter a decisão por uma semana. Enquanto isso, ele liga, ele escreve, ele vai até a porta da sua casa como um Stanley Kowalski, ele diz que você tem de ouvi-lo, que você não está levando em conta seus sentimentos, pede para voltar para a sua vida e jura que irá te tratar melhor.

E você, que é uma idiota apaixonada (o que a torna ainda mais idiota), amolece, abre a guarda, deita a cabeça no ombro dele e fecha os olhos. Desse modo, ele volta para sua vida.

Estamos num domingo, uma hora da manhã e ele ainda não chegou a sua casa. Ele teve de parar no petshop para comprar ração para o cachorro, teve de parar numa festa para fazer uma social, teve de parar na casa do tio para resolver uma questão familiar, teve de ajudar um amigo com a moto quebrada. Enquanto isso, você espera. A casa já foi varrida, o vinho já foi comprado, os lençóis já foram trocados, a maquiagem já foi delineada, o CD já foi escolhido, a toalha dele, limpa e fresca, já está pendurada no banheiro. E você continua esperando.

Quarenta minutos depois, ele toca a campainha. Você abre a porta e ele te abraça já meio bêbado de cerveja, mesmo sabendo que você havia comprado vinho. Ele não fez a barba, mesmo sabendo que sua pele é delicada. Ele veio cansado e com sono, mesmo sabendo que você está com saudade e tesão.

Ele sabe que você é flexível e testa a envergadura do seu caule: até onde você aguenta sem se quebrar?

Para você, ele é VIP: *very important person*. Para ele, você é outro tipo de VIP: *very insignificant person*.

Então você diz: chega, ficamos por aqui, acabou, eu não mereço esse tipo de tratamento, não aceito, não quero, fim. E, apesar de estar apaixonada, consegue manter a decisão por uma semana. Enquanto isso ele liga, ele escreve, ele vai até a porta da sua casa como um Stanley Kowalski, ele diz que você tem de ouvi-lo, que você não está levando em conta seus sentimentos, pede para voltar para a sua vida e jura que irá te tratar melhor.

E você, que é uma idiota apaixonada (o que a torna ainda mais idiota) amolece, abre a guarda, deita a cabeça no ombro dele e fecha os olhos.

Ele voltou para sua vida, de novo. Resta saber até quando.

♥ 16 e 32

Soube que alguns capítulos do meu livro *32 – 32 anos, 32 homens, 32 tatuagens* vêm sendo usados, por iniciativa dos leitores, como ponto de partida para suas sessões de psicanálise. O campeão dos divãs é uma parte em que a protagonista, como uma espécie de acerto de contas, vai ao encontro dela mesma aos 16 anos. Veja o que a personagem disse: "Eu vim aqui para te dizer uma coisa. Você deve supor que a travessia foi longa – e foi mesmo, mais do que você imagina. Eu não me espanto ao te olhar, é claro: eu conheço esse rosto ainda sem marcas, reconheço o contorno dos seus quadris antes da lipo, posso reproduzir a estampa de suas frouxas calcinhas de algodão, calcinhas que hoje você não usa mais. Embora meu rosto apresente marcas, sardas e rugas que o seu ainda não apresenta, não é assustador para você me olhar, eu sei. Eu me visto melhor do que você, estou mais magra e até meu corte de cabelo tem uma personalidade que o seu não tem. Não é preciso ser um gênio para constatar que, pelo menos ao que concerne à aparência, 16 anos a mais te fizeram muito bem. Eu não viajei até aqui, porém, para te tranquilizar quanto à sua aparência aos 32 anos.

"Eu rasguei a pele para rasgar o tempo e eu rasguei o tempo só para te dizer: a única verdade que existe é o desencanto, menina. Essa esperança que cresceu feito unha de gato no seu muro te machuca muito mais aos 32 do que agora.

"O desencanto será seu companheiro, não importa o que você faça. Como Briony, queria promover uma espécie de reparação, mas talvez eu não consiga te mudar. Meu objetivo, então, é outro: eu preciso – não me odeie por isso, ou odeie, não faz diferença –, preciso jogar esse horror sobre alguém e a única culpada, a única, é você.

"Você me prometeu uma história diferente, você me prometeu beijos na chuva, corpos ardentes sob as estrelas, companheirismo e ternura, você me prometeu amor! Me prometeu! Sim, eu estou aqui para te cobrar, para puxar seus cabelos, te sacudir: onde está tudo o que você me prometeu? Onde? Veja suas mãos daqui a 16 anos, menina, veja: absolutamente vazias. Por que você fez isso comigo? Por quê?"

A partir desse texto, de fato impactante, pensei o que eu diria hoje para mim se pudesse rasgar o tempo e me alcançar em plena adolescência. Eu retiraria a fúria das palavras acima cuspidas e repetiria, muito calmamente, como uma sentença definitiva, a seguinte frase: "O desencanto será seu companheiro, não importa o que você faça." Ou talvez eu ficasse com tanta pena de mim que acabasse não dizendo nada: sim, acho que eu deixaria aquela pobre e sonhadora menina dormir sem amargura mais alguns anos.

Agora começa a sua reflexão: se você pudesse viajar no tempo, o que diria para si mesma aos 16 anos?

♥ Quem fica de molho é roupa suja

Há um homem que mais ou menos te pega, mais ou menos te esnoba, te mantém num mais ou menos distante contato quinzenal e você pensa: "Ô infeliz, dá uma boa olhada na mulher que está te dando um mole violento e vê se acorda!" Você está nesta situação?

Considerando os e-mails que recebo, uma boa parte das leitoras está, sim, passando por esse drama. É por isso que eu me transformo numa escriba-goteira: sempre pingando no mesmo lugar. É por isso que esta que vos fala, a sua escritora estraga-prazeres de plantão, irá, mais uma vez e quantas vezes forem necessárias, dizer o indizível: querida, ele não te quer. Ah, ele transa com você, claro. Então se faça um favor: analise o histórico sexual da criatura. Ele já transou com uma pessoa sem gostar nada dela? Já transou com alguém que ele sequer pretendia ver de novo? Já acordou ao lado de alguém que não conhecia? Aí está: o critério dele para se relacionar sexualmente é duvidoso – se é que podemos chamar isso de critério. Ou seja, ele transar com você não significa rigorosamente nada.

Mas de que tipo de sexo estamos falando? Do tipo que te lanha toda, mas não pega na sua mão? Do tipo que te invade, mas depois não dorme abraçado em você? Do tipo que te morde, mas não assopra um cílio solto no seu rosto? O ponto fundamental é: isso está bom para você?

Se não estiver, lá vem a escriba-goteira repetir: cai fora, querida. Ele não dá o devido valor a você e qual o sentido de permanecer com um cara que não acredita que a sorte lhe sorriu porque você, mulher maravilhosa, inteligente, interessantíssima, está aberta para ele? Que raio de homem é esse que não consegue te enxergar?

Só para ter certeza se para ele você é apenas uma transa, experimente desaparecer. Meus conselhos nem sempre são bons, na maioria das vezes são radicais e dramáticos, mas ninguém pode dizer que eles não possuem ao menos a capacidade de funcionar. Então desapareça. Se ele desaparecer também, se ele não insistir, se ele sequer quiser saber o que houve pra você sumir é porque você não faz a menor falta na vida dele.

Você ou um ovo de codorna ou uma vassoura de piaçava é a mesma coisa para esse homem. Como uma boa escriba-goteira, eu vou repetir: é inútil tentar. Quem fica de molho é roupa suja.

♥ **Seu namoro te faz feliz?**

Nos dez anos em que trabalhei como secretária executiva, convivi com os mais diversos tipos de profissional. Um deles, porém, me chamou especialmente a atenção, provocando em mim algo entre pena e raiva – mais pena do que raiva. O tipo a que me refiro foi encarnado com perfeição por uma colega chamada Suzana. Me acompanhe e veja se você também não conhece alguém assim.

A mesa de Suzana era uma completa bagunça: canetas, papéis, bilhetes, pastas por todo lado. Ao passar pelo seu ninho, você sempre a encontraria em pânico com uma quantidade de trabalho aparentemente desumana. O rosto de Suzana estampava uma eterna expressão de angústia. Sexta-feira, quando todos não viam a hora de deixar os problemas do escritório no escritório, Suzana tinha a capacidade de trazer uma mala de rodinhas a fim de levar trabalho para casa sem piorar sua hérnia de disco. Sete da noite (ela sempre saía meia hora depois do expediente), lá ia Suzana e sua mala de papéis como uma mendiga agarrada a cobertores puídos.

Diante desse quadro, pergunta-se: Suzana era uma funcionária exemplar? Não. Ela trabalhava mais do que todo mundo no escritório? Não. O resultado do seu trabalho era, pelo menos, um décimo superior ao de qualquer outro funcionário? Não. Suzana era apenas fachada, pompa, barulho, enfeite, pressão.

Tipos assim se perdem em escombros de papel, levando, por conta da desorganização, o dobro do tempo para concluir uma tarefa. A mala que Suzana levava para casa na sexta era uma maneira de dar a impressão de que ela se doava 100% ao escritório, quando, na verdade, o tanto de trabalho que ela trazia pronto na segunda-feira era mínimo. Quem é competente não precisa criar um circo para mostrar isso.

O curioso é que há homens que são exatamente como Suzana, não no terreno profissional, mas, sim, no amoroso. Eles são pura pressão: mandam flores, te levam aos jantares da empresa, em uma semana já te apresentam como namorada para os amigos, no entanto, mostrar serviço que é bom (te fazer feliz que é bom), nada. Eles batem o ponto, mas quando você vai analisar o resultado: cadê? Quando foi a última vez que vocês tiveram uma noite maravilhosa? Quando foi a última vez que ele deixou seu queixo vermelho de tanto te beijar? Quando foi a última vez que ele cravou amorosamente os olhos em você por mais de cinco segundos? Pois é.

Da mesma forma que Suzana talvez não percebesse sua ausência de comprometimento real com o trabalho, certos homens talvez também não percebam sua falta de comprometimento real com as mulheres. Eles supõem que através de atos de fachada, pompa, barulho, enfeite, pressão, se fazem presentes e mantêm um relacionamento. Melhor avisar a eles: a demissão pode estar bem, bem próxima.

♥ Vergonha alheia

Vergonha alheia, você sabe como é. Alguém faz algo embaraçoso e você, que não tem nada a ver com o imbróglio, se contorce de vergonha, a mesma vergonha que a outra pessoa deveria sentir, mas que pelo visto está longe de alcançá-la.

Pois bem, foi vergonha alheia da boa que eu e uma amiga sentimos na última terça-feira. Estávamos numa cabine e... antes é melhor explicar o que é isso. "Cabine" é a exibição gratuita de um filme, antes de que ele entre em cartaz, apenas para jornalistas/escritores/colunistas. Não adianta querer entrar com sua irmã ou o namorado: é preciso ser convidada, confirmar presença e, sobretudo, assinar um papel que registra seu nome, RG e o veículo para o qual trabalha. Essas sessões costumam acontecer de manhã e, às vezes, rola até um café reforçado.

Desse modo, estávamos eu e minha amiga Luiza tomando um suco de laranja quando uma colega de trabalho dela se aproximou, sentou-se conosco e, para nosso espanto, começou a falar mal do marido. Muito mal. Mas muito mal mesmo! Eu e Luiza nos entreolhávamos estupefatas. Como ela não tinha vergonha de expor o próprio casamento daquela forma para uma colega de trabalho e para mim, uma completa estranha? Aqueles comentários só não seriam descabidos se fossem feitos para sua psicanalista!

Como não há mal que sempre dure chegou a hora do filme começar e de a moça ser obrigada a fechar a matraca. Quando saímos do cinema, porém, quem aparece para pegá-la? Quem? Pois é, o marido.

Imagine a cena: aquele homem de 35 anos entra balançando uma barriguinha que eu e Luiza já sabíamos carregar um umbigo cheio de lã, com um par de tênis azuis que nós sabíamos ter cheiro de feijão azedo, com um sorriso amarelado que nós sabíamos ser do seu charuto de todas as noites, com uma calça jeans em cujas entranhas estava acomodado um saco escrotal extraordinariamente comprido (sim, a moça mostrou o tamanho com as mãos: se for daquele tamanho mesmo, é caso para cirurgia). Que constrangedor! Nós ali, em pé, sendo apresentadas a um homem cujas maiores intimidades conhecíamos! Lembrei da moça dizendo:

— Ele goza assim ó: com três risadas secas, igual ao Pateta, aquele do desenho, sabe? É ridículo! E demora a vida inteira pra gozar, esse traste. Ele deve estar ficando brocha, acho que é assim que começa: o cara demora a vida inteira pra gozar e o próximo passo é o pinto ir ficando mole até não subir mais.

Nessa hora, tive vontade de dizer: "Por favor, eu não tenho a obrigação de ouvir suas intimidades: nem sou sua amiga! E lamento profundamente que você desrespeite seu marido nesse nível. Fica feio para ele (que posa de babaca, casado com uma criatura como você) e fica mais feio ainda para você, que não sabe respeitar seu relacionamento. Me responda só uma coisa: se esse homem te desagrada tanto, por que você ainda está com ele?" Isso é o que o meu futuro do pretérito gostaria de ter perguntado, mas apenas arregalei os olhos e abri a boca. Quando a vergonha alheia é demais, as palavras somem.

♥ Rituais de passagem

Existem ocasiões especialíssimas na vida de uma mulher, ocasiões que se equivalem a rituais de passagem: o primeiro sutiã, a primeira menstruação, a primeira relação sexual.

Me lembro com minúcias – logo eu, que não tenho uma memória privilegiada – da peça de rendinha, com listas amarelas, brancas e azuis, que roubei do guarda-roupa da minha irmã e que passou a ser meu primeiro sutiã. Lembro quando uma prima mais velha se sentou ao meu lado com uma cara de enterro e começou a discorrer sobre o fato de que a partir daquele momento eu era uma mocinha, que poderia engravidar, que tinha de ser responsável e blá-blá-blá enquanto eu olhava, por sobre seu ombro, o sol no parapeito da janela e pensava "Quando essa chata vai parar de falar pra eu poder andar de bicicleta, hein?" Me lembro também do amanhecer na Praia Grande em que meu namorado fez uma singular observação: "E não é que você era virgem mesmo?"

Supus que esses rituais de passagem para o mundo feminino haviam se esgotado para mim até que resolvi fazer, pela primeira vez, a depilação à moda brasileira.

Esse modo especial de depilação consiste em arrancar todos os pelos das partes pudendas – sim, todos, ou todos menos uma minúscula faixa de pelos sobre o monte de Vênus, mais conhecida como "bigodinho de Hitler" (a opção que escolhi). Isso quer dizer que a virilha, os grandes lábios, a região do ânus (e mais qualquer outro lugar onde haja pelos) serão besuntados três ou quatro vezes com cera quente para depois, zapt, sofrerem puxões estupidamente dolorosos.

Após meia hora, a tiazinha-da-cera terminou seu trabalho enquanto minha garganta ardia de tanto gemer e gritar e uivar e berrar. Quem me visse voltando para casa, andando devagar com as pernas abertas e as costas vergadas, diria que eu havia acabado de arrancar um dos rins sem anestesia.

Agonia à parte, descobri que, ao contrário do que pensava, depilar o ânus não dói. Em compensação depilar os grandes lábios... Mulheres se submetem aos processos mais dolorosos contanto que o resultado compense e, nesse caso, eu tenho de admitir: compensa. Aquele odor desagradável de pelos úmidos durante a menstruação desaparece por completo. O melhor, porém, é perceber o quanto nossa área genital é macia e bonita.

Curioso, nessa história toda, foi o comentário da tiazinha-da-depilação.

– Seu namorado vai adorar.

– Eu não tenho namorado.

– Não? Então pra que ficar lisa, bichinha? Hum... já sei: é pra arranjar um namorado!

A possibilidade de eu ter feito aquilo por curiosidade ou para me sentir bem nem passou pela cabeça da tiazinha-da-cera. Para ela, só um homem pode validar certas experiências. E... sabe de uma coisa? Eu também costumava pensar dessa forma. Talvez por isso essa depilação tenha, para mim, se transformado num novo e libertador ritual de passagem.

♥ O novo Frankenstein

Um tem imensos olhos cor de mel. O outro, os olhos puxados. Um te diz muito respeito sexualmente. O outro, intelectualmente. Um exala um cheiro amadeirado por entre os pelos que te enlouquece. O outro te entretém horas a fio em conversas estimulantes. Um faz seu corpo gozar. O outro faz sua cabeça gozar. Um é sorridente e bem-humorado. O outro é sério e charmoso. E os dois beijam bem. De forma quase bizarra, eles se complementam. E você os adora.

Tem sido cada vez mais comum eu ouvir de mulheres solteiras histórias semelhantes. Elas dizem que, por terem plena consciência de que não existe um príncipe encantado, resolveram montar o seu homem ideal usando o que tinham à mão: dois amigos (ou mais) com disposições variadas. Um, por exemplo, para andar de mãos dadas, ir ao teatro e conversar sobre filosofia; outro para deixá-la sem fôlego na cama, no chão, no chuveiro; um para jantar em bistrôs chiquérrimos e dar uns beijos tipo namoro no portão; outro para flertar, espicaçar suas convicções e irritá-la gostosamente noite adentro; um que tem o dom de fazê-la rir e a elogia como ninguém; outro que prepara uma massa maravilhosa e depois faz um amorzinho algodão-doce no sofá – e assim por diante. Senhoras e senhores: eis o novo Frankenstein.

Sejam dois homens ou duzentos, a ideia é sempre a mesma: compor um parceiro ideal a partir de pedaços de vários homens. Isso é possível? Possível até é, mas eu faço outra pergunta: isso é satisfatório?

Dividir, na matemática, implica diminuir – e tenho a impressão de que aqui também. Essa mulher vive múltiplas histórias com múltiplas pessoas, supondo reunir num caldeirão o suprassumo do seu prazer, quando, na verdade, ao recortar de alguém apenas uma lâmina do que lhe interessa, ela recorta a si mesma. Ela sai segunda com o Cássio, terça com o Pedro, quarta com o Mauro, quinta com o André, sexta com o Lucas, sábado com o João e domingo com o Marcelo numa tentativa desesperada de não enxergar o óbvio: ela está sozinha.

Claro que eu não chamaria de deleite encarar o osso nu e descarnado da solidão romântica – mas não há nada a fazer, quando se está sob seu jugo, a não ser conviver com ela. Conviver com a falta não é agradável: mas é real. Esconder esse buraco com meia dúzia de frágeis tapumes só vai fazer com que haja mais mortos e feridos na estrada.

Além do mais, muito da graça de uma pessoa está nos seus defeitos, nas suas brincadeiras ridículas, no seu mau humor, nas coisas que ela não sabe, nos momentos de dúvida e medo, no seu jeito estabanado, nos tombos, no suor, no silêncio. E isso só vem à tona se essa mulher aceitar o pacote inteiro. Claro que para isso acontecer, além da sua aceitação, é preciso que o pacote inteiro queira se revelar a ela, o que nem sempre acontece. E é nessa hora, a hora em que é rejeitada, que ela revira os olhinhos e diz: "Ah, tudo bem, eu pego um toco dali, outro toco acolá, e um amor integral não vai me fazer falta." De fato, esse arranjo pode funcionar durante um tempo – o tempo variável das esculturas de gelo, dos alfinetes na bainha, da espuma na banheira. O tempo em que ela suportar fatiar suas próprias entranhas.

♥ Tiranos domésticos

Não são apenas os políticos e executivos que se digladiam pelo poder mundo afora; há uma espécie de homem, infelizmente muito comum, que açoita as mulheres na intimidade do lar. Eu estou falando dos tiranos domésticos.

A sede de poder do tirano doméstico é imensa e, por não ter como saciar essa sede fora de casa, por lhe faltar comandados, cargos importantes, honrarias, ele centraliza seus desmandos na única pessoa que o acompanha na jornada: sua mulher.

Essa mulher arruma as roupas dele com carinho, prepara a comida que ele deseja, o coloca como prioridade em sua vida, se doa incondicionalmente, mas nunca, nada do que ela faz é o bastante.

O tirano doméstico precisa beber o sangue do medo e da humilhação todos os dias; ele precisa acuar, precisa dar broncas e, para fazer isso, alguém tem de errar. E se ninguém erra? Os erros então serão criados pela cabeça dele.

É aí que encontramos essa mulher sentada na cama e em total abandono, com lágrimas abrindo veios na pele seca, por onde muitas outras irão escorrer. É aí que ela se vê sob a mira de acusações quanto ao tempero da carne, a conta de telefone ou qualquer outro assunto que será deturpado por ele, sempre, com o objetivo de diminuí-la.

Esse homem até diz amar sua mulher, mas o tirano doméstico ama apenas uma coisa: o poder. Uma vez tendo feito com que ela caia nas suas garras, ele passa a ameaçá-la. A todo momento, ele acena com a possibilidade de abandoná-la (abandono, o maior receio feminino) e essa mulher, apavorada, cede a tudo, inclusive ao que nem é culpa dela. Quanto mais ela cede, porém, mais vê que a sede de poder do tirano doméstico é insaciável.

Dizem os especialistas da mente que esse tipo de homem tem raiva da mulher com quem se casa, que ele vê nela uma pessoa superior e que, não suportando o sentimento de inferioridade, faz de tudo para diminuí-la, para submetê-la, para subjugá-la. Ele tenta arrastar essa mulher para o mesquinho ambiente mental em que ele vive e, infelizmente, consegue. Já vi mulheres inteligentes, bonitas, competentes, criativas que se enredaram de tal maneira nas garras do seu tirano doméstico que hoje não acreditam mais nas suas próprias potencialidades e se arrastam pela vida como esquilinhos assustados.

Há solução? Só uma: se afastar desse tipo de homem. Às vezes um afastamento físico não é possível, mas um psíquico e espiritual é. Essa mulher pode partilhar o mesmo teto e respirar uma atmosfera interna totalmente livre e desconectada desse homem. Não é fácil, não é o ideal, mas às vezes é tudo o que se pode fazer.

♥ **O que eu detesto nos homens?**

Fazer listas é uma brincadeira. Mas fazer uma lista com o que você detesta nos homens acaba sendo uma purgação de pus negro armazenado nos escaninhos da alma. Acompanhe minha lista: talvez você concorde com algum item.

Eu detesto indecisão. Homens que não sabem se querem ou se não querem, que não resolvem se ficam ou se vão embora, que instavelmente se equilibram entre a possibilidade de te chamar de namorada ou colocar um ponto final na história.

Eu detesto burrice. Homens que não enxergam além dos botões do seu paletó, que só conhecem da vida o que o suplemento de esporte estampa, que fogem de qualquer coisa ou pessoa que os façam mergulhar em si mesmos.

Eu detesto intelectualoides. Homens com suas leituras herméticas que vão do nada ao lugar nenhum, homens que não entendem nada de lágrima, suor e esperma, mas adoram uma submodernidade do discurso pós-dialético.

Eu detesto inflexibilidade. Homens que fazem tudo sempre igual, que se desestruturam diante de um convite ao novo, que se estressam se estiverem sem guarda-chuva numa tempestade de verão.

Eu detesto excesso de ordem. Homens que nunca esquecem seus sapatos no meio do corredor, nunca pegam no sono no sofá, nunca enchem a casa de xícaras de café pela metade.

Eu detesto indiferença. Homens que não se abalam com a dor dos outros, cujos olhos atravessam tudo sem se importar com nada, homens que não veem o outro e, por consequência, não se veem.

Eu detesto desonestidade. Homens que sonegam seja lá o que for, que se apropriam descaradamente do dinheiro e do direito alheios, que se apropriam, mesmo que não descaradamente, do dinheiro e do direito alheios.

Eu detesto prepotência. Homens que exigem ser obedecidos, tiranos domésticos, homens que, na sua pequenez, precisam humilhar alguém para desafogar as humilhações por eles sofridas no dia a dia.

Eu detesto injustiça. Homens que tiveram dolorosas experiências afetivas e transferem seus traumas para a próxima incauta que aparecer, homens que cobram da atual namorada a conta que a ex deixou, homens que te sentenciam à morte por erros que você não cometeu.

Eu detesto superficialidade. Homens de roupas exóticas, tatuagens imensas e óculos estranhos que, por dentro, estão sempre de terno cinza.

Eu detesto vulgaridade. Homens que adoram mulherzinha, que se curvam diante dos seus cílios de boneca, seus caprichos e suas risadinhas infantis.

Eu poderia continuar e continuar essa lista até cair exausta. Mas me dou conta agora de que tudo que eu detesto nos homens também é tudo o que eu detesto nas mulheres! Talvez, nas questões realmente fundamentais da vida, nós, homens e mulheres, não sejamos assim tão diferentes.

♥ *Strippers* masculinos

Faz alguns anos eu assisti no GNT a um documentário sobre *strippers* masculinos. Havia, no programa, que foi gravado nos EUA, vários lugares com homens depilados, rebolando como minhocas, posando de machos, mas sem nenhuma masculinidade. Como tinham a ousadia de chamar aquilo de excitante?

Quando eu já havia perdido as esperanças, eis que salta da tela um lugar diferente: homens imensos, nus em pelo (e com pelos), em estado de combate, numa dança meio bárbara, seca, nem um pouco afeminada, muito erótica. Fiquei muda, séria, os olhos cravados na tela: aqueles caras, sim, eram quentes (tão quentes que até hoje me lembro dos parcos minutos em que eles apareceram no documentário). Nunca mais, nos anos que se seguiram, vi algo sequer semelhante.

Vamos falar a verdade: essas noites só para mulheres são a coisa menos excitante que existe. Reparem na diferença entre o público que assiste a um *strip-tease*: em sua maioria, os homens se deixam absorver pelo espetáculo, permanecem concentrados, num silêncio reverente rompido apenas pelo tilintar de gelo no copo; já as mulheres cacarejam como galinhas d'angola bêbadas. (Ok, existem galos d'angola bêbados por aí também.)

Outro dia fui à festa de aniversário de uma amiga e presenciei uma cena patética: um homem sem graça, rebolando para uma dúzia de mulheres constrangidas. Ninguém ali estava achando aquilo sexy, mas todas se sentiram na obrigação de cacarejar, gritar e uivar. O desconforto era quase palpável – e o fingimento também. Minha amiga fingiu que aquela foi uma boa ideia, suas colegas fingiram que à noite teriam sonhos *calientes* com o *stripper* e eu fingi que não escreveria a respeito.

Alguém pode dizer que o propósito dessas noites é apenas brincar. Mas brincar usando um homem seminu nos torna que tipo de criaturas? Usá-lo para nos excitar seria menos humilhante, conferiria a ele algum poder: o poder (momentâneo, que fosse) sobre nossas libidos.

Me parece que no fundo desse balaio está uma sexualidade aviltada. A mulher é tão menosprezada nos seus desejos eróticos (por ela própria, inclusive), que até esses shows são feitos como que para crianças. E aquelas que gritavam pelos Beatles, hoje gritam por minhocas marombadas (minhocas sem talento, o que é pior ainda). O fato é que a excitação não vem à tona: ela apenas se camufla na histeria das fãs ou nas brincadeiras com *strippers* ou em qualquer outra coisa que sirva para obstruir o curso de uma sexualidade adulta.

Continuamos brincando de boneca como menininhas sem pelos. Até quando?

♥ Édipo

Há alguns anos passei por uma dolorosa experiência – e, ao mesmo tempo, experiência das mais fecundas.

Era carnaval, um homem me chamou para sair, eu sou solteira, lá fui eu. Num determinado momento, na cama, supondo que era do meu agrado, ele torceu meus braços para trás. Eu não consegui reagir para dizer "não faça isso, eu não gosto de sentir dor", apenas olhei para o espelho e me vi ali refletida, nua, sem anestesia.

O que doeu nos meus olhos não foi o ato em si, mas o que ele simbolizava: uma completa ausência de sentimento. Eu era um pedaço de carne sob o outro pedaço de carne, nada mais. Acendam a fogueira sob meus pés: eu, fêmea absolutamente sexuada, assumo que não tenho estrutura para suportar o sexo sem afeto.

Apenas algumas horas após o encontro (ou deveria dizer desencontro?), eu acordei com os olhos inchados. Uma semana depois, eu viajava para o Rio como deficiente visual, com um funcionário me amparando. Me lembro perfeitamente de quando cheguei ao Santos Dumont e fui ao banheiro. Por um instante tirei os óculos escuros, me aproximei do espelho, abri os olhos inchadíssimos o máximo que pude e, com muita dificuldade, consegui ver que eles estavam cor de sangue. Durante dois dias, compromissos profissionais se misturaram a visitas a prontos-socorros, mas a verdade é que àquela altura nenhum oftalmologista podia dizer ao certo o que eu tinha.

Mas eu podia. Édipo, personagem da mais famosa tragédia de Sófocles, quando finalmente desvenda e aceita a horrenda verdade do seu destino, retira os grandes colchetes de seu manto e com eles arranca os próprios olhos. "Não quero mais ser testemunha de minhas desgraças, nem de meus crimes! Na treva, agora, não mais verei aqueles a quem nunca deveria ter visto, nem reconhecerei aqueles que não quero mais reconhecer!"

O crime de Édipo foi, inadvertidamente, ter matado seu pai, Laio, e se casado com sua mãe, Jocasta, com quem teve quatro filhos. O meu crime foi fingir para mim mesma que aquele tipo de relação me saciava. A única maneira de suportar a verdade para Édipo foi arrancar seus olhos das órbitas. A única maneira que encontrei para ver que eu estava me deixando em frangalhos foi cegar a mim mesma. É aí que um simples resfriado, uma dor de garganta ou um mau jeito nas costas (doenças mais simples, claramente somáticas) podem nos dizer muitíssimo a respeito de nós mesmos. Nosso corpo fala: e quão potente é sua voz!

Ao voltar para São Paulo, percebendo o mundo apenas através dos cheiros e dos sons (meus outros sentidos ficaram extremamente sensíveis), finalmente foi possível detectar o que eram aqueles cacos de vidro que eu sentia dentro dos olhos, aquele inchaço brutal, aquela sensibilidade a qualquer sombra de luz. Eu tive uma manifestação aguda de adenovirus (a mais potente das conjuntivites), terçol e herpes no globo ocular: tudo ao mesmo tempo! Ao ouvir o diagnóstico, em vez de ficar horrorizada (afinal eu nunca tive herpes em lugar nenhum, vou ter justamente no olho?), o que senti foi alívio:

eu podia tratar do problema e ficar boa logo, o que de fato aconteceu.

Há uma sabedoria exemplar em como nosso corpo (em conluio com nossa alma) transforma a dor emocional que não queremos ver em dor física palpável. É uma maneira de nos acordar, talvez um último e desesperado recurso. Que possamos, então, ser sábios para ouvir os nossos próprios gritos.

♥ Parece fácil. E é

Não ter ciúme é uma coisa boa – ninguém tem dúvida quanto a isso. Porém, entre não ter ciúme do seu parceiro e virar a amiga boazinha, a ouvinte trouxa, o depósito das neuroses alheias, vai uma distância graúda.

Durante um bom período eu fui essa pateta. A pateta que aturava os próprios namorados falando daquela especial ex. A tontololona do asilo que tolerava os paqueras suspirando pela insubstituível mulher de suas vidas. A ameba desdentada que estendia o ombro para que os amigos interessantes se lamentassem pela perda da inestimável alma gêmea.

Não existe situação mais injusta. A outra é sempre a mulher ideal pelo fato de estar ancorada no passado, essa estranha entidade que mudamos de acordo com nosso desejo. Não acredita? Lembre-se de algum ex-namorado de quem você sempre fala maravilhas. Agora se esforce um pouco e veja que o namoro de vocês não foi tão bom assim – tanto que acabou, se bobear, de forma até dolorosa.

O que me fez lembrar disso tudo foi uma amiga que desabou aqui em casa ontem, chorando ininterruptamente. Ao baixar da poeira, descobri o porquê do chororô: seu marido confessou que, até hoje, não esqueceu uma certa ex-namorada. Ou melhor, não se desligou emocionalmente dela, já que esquecer, a gente nunca esquece mesmo.

– Você sabia dessa fixação dele nessa tal ex antes de se casar?

— Sabia, mas eu achava que ele iria se esquecer dessa criatura! – ela me respondeu, assoando o nariz.

Achar. Achar é um verbo que destrói qualquer relacionamento. A gente namora um cafajeste e acha que ele vai sossegar. A gente se sujeita a um namorado ciumento e acha que uma aliança o deixará mais seguro e, portanto, menos implicante. A gente se envolve com um homem que não se desligou da ex-namorada e acha que com o tempo ele passará a nos amar.

E o achismo continua. A gente acha que fechando a cara, se negando a transar ou botando jiló na feijoada ele vai perceber. Mas homens não têm bola de cristal: eles não percebem. Portanto, só há uma coisa a fazer: falar de forma bem clara e objetiva o que a gente não quer, o que a gente deseja, o que magoa demais. Parece fácil. E é.

♥ Sequestrando a paz de seus homens

Sábado à noite lá estava eu na Bienal do Livro de São Paulo, autografando *O diabo que te carregue!*, quando, ao pegar a programação, vi que dentro de meia hora um amigo meu estaria em outro estande, igualmente autografando seu livro. Portanto, assim que tive uma brecha, fui até onde ele estava. Cinco minutos depois, voltei chateadíssima. Precisei até me recolher alguns minutos para conseguir atender os leitores com a simpatia que eles merecem. O que aconteceu? Te digo já.

Besta afetuosa que sou, minha intenção era dar um grande abraço no meu amigo, lhe desejar boa sorte com o livro novo e voltar correndo ao estande da Rocco. Assim que cheguei, ele me viu e fez sinal para que eu entrasse na área VIP (toda grande editora tem a sua, que consiste numa sala com ar-condicionado, sofás e comidinhas gostosas). Antes que eu pudesse abraçá-lo, porém, eu vi o buldogue. O buldogue é uma morena de longos cabelos cacheados que atende pelo codinome de namorada. Um lobisomem faminto seria mais dócil. Ela me fulminou com um olhar tão pestilento que eu recuei assustada e o abraço que daria no meu amigo virou um ligeiro toque no ombro.

Não foi possível conversar, não foi possível sorrir, não foi possível sequer respirar dentro daquele espaço: o buldogue e seu injustificado ciúme não deixavam. O que deveria ser festa, congratulação, partilha, se transformou em sequestro. Sim, o buldogue sequestrou meu amigo. Mas por que um homem inteligente fica com alguém daquele naipe? Por que manter um relacionamento que não soma, mas subtrai?

E eu continuo com minhas perguntas. Por que várias mulheres — isso é terrivelmente comum — agem como generais emburrados, como mamutes de tromba arrastando no chão, como perfeitos abutres ao lado dos seus homens, sobretudo em momentos de conquista? Por que esse medo tacanho da proximidade de amigos, colegas, parentes até? Será que elas acham que assim espantam a concorrência? Então, lamento dizer, tudo o que elas espantam é a alegria, a espontaneidade e a paz ao seu redor.

♥ Na cama

Chega! Depois de várias experiências malsucedidas, depois de ouvir um sem-número de reclamações das minhas amigas, depois de me dar conta de que uma parte significativa dos homens não faz a menor ideia de como se deve tocar numa mulher, resolvi, em prol do prazer feminino (que inclui o meu, é claro), montar uma lista básica do que os homens devem (e não devem) fazer na cama.

Para começo de conversa, beijo. Transar com um homem que não beija muito (antes, durante e depois) é como usar creme vaginal: a gente acorda melada e não se lembra bem por quê. Terrível!

Quando o assunto são carícias, atenção, rapazes: mamilos não são parafusos para serem torcidos, vocês não são otorrinos para meterem a língua no fundo do fundo dos nossos ouvidos, e de onde veio a ideia de que nós somos touros de rodeio para receber tapas no bumbum?

Agora, entremos num ponto fundamental: se vocês estiverem com vontade de polir o capô do carro, vão em frente, mas não façam isso com nosso abençoado clitóris. Quem disse que o sexo feminino tem de ser esfregado com fúria como a lâmpada de Aladim? Garanto que não vai sair gênio nenhum de lá de dentro desse jeito.

E, já que vocês estão lá embaixo, por favor, aprendam a fazer sexo oral de uma vez por todas! É preciso ser delicado, explorar a área, demorada e gentilmente para, só depois, ir aumentando aos poucos a pressão.

O quê? Vocês sempre ouviram falar que mulher gosta de pegada forte? Bem, é verdade, nós gostamos, mas essa força precisa ser progressiva, tem de ir se mostrando gradualmente, e não cair sobre nós como um mamute descontrolado. Também isso é culpa de Hollywood: a própria Sharon Stone disse que já interpretou cenas de sexo nos filmes que jamais conseguiu fazer na vida real. Nessa hora, vocês, homens, supõem que sexo bom é aquilo ali: nos jogar na parede feito lagartixas e fazer mil piruetas dentro e fora da cama. Vocês não poderiam estar num caminho mais errado.

Sexo anal? Não, claro que eu não me esqueci. Como poderia? Vocês parecem obcecados com a coisa! Vamos fazer um trato bem simples? Se a gente quiser, a gente pede, ok?

Por último, mas não menos importante, aqui vai a dica máxima para tornar um homem inesquecível na cama. Vocês conseguem adivinhar? Uma posição diferente? Fantasias? Acessórios? Não, a melhor dica que eu posso dar para os homens é: olhem sempre bem dentro dos nossos olhos. Afinal, nós, mulheres, não somos tão complicadas assim.

♥ Lixo

Uma das coisas que mais me incomodam no convívio humano (e, por consequência, um dos meus temas recorrentes neste espaço) é o quanto as pessoas se agarram ao próprio lixo. Não que eu não tenha minha própria lata enferrujada, mas eu tento – e tento com sucesso considerável, devo admitir – me livrar do que não me serve mais.

É curioso notar como as piores relações são as que mais suscitam apego (essas relações são piores do que lixo, pois o lixo ainda pode ser reciclado).

Uma amiga teve um casamento desastroso. Quando começava a se dar o direito de pensar numa outra relação, ela engatou uma paquera com um homem que também teve um casamento desastroso. E como eles combinaram um primeiro encontro? Purgando dores e falando dos respectivos ex!

Quando minha amiga me perguntou o que eu achava disso, eu tive de ser sincera. E mostro a você, agora, o que minha sinceridade respondeu a ela.

"*Dear*, se você me pede uma análise sobre a proposta do seu novo quase-amor, suponho que não queira a averbação da felicidade futura. Por exemplo, se você está em dúvida sobre fumar ou não maconha e decide pedir uma opinião ao Marcelo D2, você já tomou sua decisão – apenas não quer se responsabilizar por ela ainda.

"Portanto, como você perguntou a mim (e sabe o que eu penso a respeito), você já tomou uma decisão. De qualquer maneira, lá vai minha resposta: eu odiaria passar minha primeira noite com um homem desse modo, o-d-i-a-r-i-a! Em vez de vocês começarem pelo começo, um novo, leve, limpo, solar começo, um começo onde haja apenas vocês dois, a proposta é iniciar pelo avesso, pelo enterro dos mortos (que já deveriam estar devidamente enterrados). Vai ser um encontro estranho: você, seu ex, ele e a ex dele (dois humanos, dois espectros: que medo).

"Que tal tentar convidá-lo para um espaço em que só entrem você e ele? Exorcizar fantasmas é coisa que a gente faz no analista, faz sozinho. Quando vai encontrar alguém ou vai com a alma aberta, ou vai para se doar, para olhar para frente, sem arrastar latas, ou é melhor não ir. Se as tranqueiras do passado se amontoam pela sala, ainda não é hora de começar nada, nem amizade com benefícios, nem namoro, nem nada. Vocês vão detonar essa relação se a iniciarem assim, metendo nela, a fórceps, outras pessoas (pessoas que deveriam estar mortas, mas que pelo visto estão cheias de dolorosa vitalidade).

"Abra a janela, deixa o sol entrar (oh, violinos quase soam ao fundo) e corte esse papo de 'vamos trocar dores'. Vocês têm de trocar suor, tesão, olhares intensos, risadas, conhecimento, bobagens, leveza, livros, músicas, salivas. Sem mortos. Para que não haja mais feridos."

♥ Brokeback Montain

Estou chocada. Absolutamente chocada. Acabei de assistir ao filme *O segredo de Brokeback Mountain* e nada me preparou para o que vi na sala de cinema. O que me chocou tanto assim? A reação da plateia.

O filme acompanha, por 20 anos, a vida de dois caubóis: Ennis Del Mar e Jack Twist, interpretados com mestria por Heath Ledger e Jake Gyllenhaal. Ennis e Jack se conhecem em 1963, quando são contratados para pastorear ovelhas na montanha Brokeback. A história de amor, medo e desejo que se desenrola a partir daí é nada menos que brilhante. Os personagens, todos, são profundos, bem estruturados, dolorosamente humanos. Não há, como disse, síntese melhor para o filme do que dizer que se trata de uma belíssima – e sofrida – história de amor. No entanto, a plateia não pareceu perceber isso.

Obtusas, como obtusos são todos os preconceitos, logo na primeira cena de sexo entre Ennis e Jack, dez pessoas saíram da sala horrorizadas, a maioria casais hetero. Saber do que se tratava o filme, todos sabiam, então por que o horror? Bem, como eu não tenho nenhum compromisso com o politicamente correto, chuto o balde: porque esses casais devem ter uma vida sexual limitadíssima. A cena tem uma alta voltagem erótica e qualquer pessoa, independente de sua orientação sexual, irá se sentir excitada. Se você não tem medo do seu desejo, ou melhor, do que desperta o seu desejo, não há problema algum nisso. Pelo menos, não deveria haver.

O tempo e o espaço em que esse filme acontece – o interior retrógrado e tacanho dos EUA na década de 1960 – parece estar a anos-luz da nossa realidade, mas isso é só aparência: na sala de cinema e fora dela, eu vi manifestações preconceituosas dignas de neanderthais. Se houvesse pedras à disposição da plateia, elas teriam sido atiradas com toda fúria em Ennis e Jack, dois personagens cujo maior pecado foi ter se apaixonado um pelo outro e sofrido miseravelmente por conta dessa paixão.

Outro dia, assistindo ao programa da Oprah, na GNT, ouvi a mãe de uma adolescente lésbica dizer a respeito da filha: "Ela acabou com os meus sonhos!" Estranhei que Oprah, uma mulher esclarecida, não tivesse comentado nada a respeito dessa frase esdrúxula, mas eu comento. Projetar sonhos pessoais – e, sobretudo, frustrações – nos filhos é injusto e desumano. Da mesma forma que nossos pais não têm o direito de nos forçar a cumprir um *script* planejado por eles, nós também não temos o direito de criar roteiros para a vida dos nossos filhos.

Há pouco tempo, uma senhora, me ouvindo dizer isso numa palestra, gritou: "E se sua filha fosse uma lésbica, hein? O que você faria?" Eu lhe respondi: "Não entendi: qual seria o problema?" A tal senhora, cheia de ódio, repetiu a pergunta e eu, mantendo a calma a fórceps, repeti a resposta.

O que me choca ainda e sempre nessas manifestações é que nós estamos falando de pessoas, não de animais. Estamos falando de pessoas que se amam e se procuram, da mesma maneira que nós, mulheres heterossexuais, procuramos nosso homem pela noite escura da alma. Agora pense: se já é difícil amar com todo o mundo a nosso favor, imagine com o mundo todo contra.

♥ Nós, que não somos como as outras

Você vai ao supermercado, elas estão lá. Vai ao cabeleireiro, elas estão lá. Vai para a balada, elas estão lá. Em bandos ou em duplas, elas são insuportáveis. Eu me refiro às mulherzinhas.

Estamos, por exemplo, numa casa noturna qualquer. Ali está uma mulherzinha. Ela empina o bumbum, ajusta o decote, se acha a última Coca-Cola no deserto. Um daqueles caras, com copinho na mão e olhar ansioso para catar alguém, se aproxima dela, fala alguma bobagem no seu ouvido, ela ri e cochicha com a amiga. Ele diz outra coisa, ela dá de ombros, faz cara de quem comeu e não gostou, levanta o queixo e pega uma bebida. O cara continua com seu xaveco e ela ora solta risinhos, ora faz caretinhas. Mulherzinha funciona no diminutivo. Ela resolve ir ao banheiro com a amiga, volta com o *gloss* brilhando e os peitos ajeitados dentro do *wonderbra*. O cara tenta beijá-la, mas ela desvia o rosto; ele tenta abraçá-la, mas ela sai do abraço; ele tenta mexer no seu cabelo, mas ela deita a cabeça no ombro da amiga – e faz tudo isso sorrindo aquele sorrisinho exasperante.

Por absoluta falta de paciência, encurtemos essa narrativa dizendo que, lá pelas tantas, quando o cara está exausto, a mulherzinha lhe concede um beijo. Dois ou três antes de ir embora. No máximo uma encoxadinha ali no canto e olhe lá, está pensando que eu sou o quê?

A mulherzinha se faz de santa e tem um prazer sádico em humilhar os homens. Mesmo já sabendo, desde o primeiro bater de olhos, se vai ficar ou não com o cara, a mulherzinha o mantém em suspense – e nem precisa ser bonita, a canalha, aliás, na maioria das vezes, não é. Desejando-o ou não, ela faz o mesmo jogo, simplesmente para se sentir gostosa.

A mulherzinha, a sua maneira (uma maneira hipócrita), cobra para transar: ela faz questão que o homem tenha o melhor carro, pague o melhor restaurante, a leve no melhor motel. Seus gemidos, portanto, não têm nenhuma consistência erótica.

A mulherzinha não está nem aí para os sentimentos dos homens, mas vive esganiçando que são os homens que não ligam para os seus sentimentos. A relação que a mulherzinha trava com os homens é de constante tortura e mutilação, mas ela tece sua teia de forma a inverter o jogo e posar sempre de vítima.

Eu detesto mulherzinha e aposto que você também. Por quê? Porque nós, que não somos como as outras, temos de penar por causa dos traumas e condicionamentos que elas deixam nos caras legais. Porque nós, que não somos como as outras, temos de ficar explicando nossas claras e honestas intenções – e mesmo assim não somos compreendidas e valorizadas. Porque nós, que não somos como as outras, tatuamos essa frase para afirmar que jamais, jamais, jamais seremos mulherzinhas. E, ainda assim, nós, que não somos como as outras, sabemos: vamos continuar a sofrer (in)justamente por isso.

♥ Tristeza

Estou triste. Algumas pessoas fazem um balanço da vida no ano-novo e eu, aproveitando o Dia dos Namorados, decidi fazer um balanço da minha vida afetiva. A situação não é das melhores. Quando olho para trás, não vejo muita coisa além de crateras no asfalto e uma estrada comida pelo mato. Portanto, sim, eu estou triste. E me recuso a fugir desse sentimento, tão digno de vir à tona quanto a solidariedade ou a esperança.

Você já reparou que ultimamente ninguém mais tem o direito de ficar triste? Mais do que perder seu espaço, a tristeza entrou na lista dos sentimentos politicamente incorretos. Dê uma olhada na televisão agora e me diga: existe algum programa em que as pessoas não pareçam estar, todas, sob efeito de quantidades exorbitantes de Prozac? É a geração prozacada: está todo mundo feliz, festejando, se divertindo, toda a galera a mil, alegre, pulando, rindo. Não existe espaço para nada que não seja essa alegria de plástico. Algum silêncio meditativo? A pessoa está pensando bobagem. Um choro sentido? É TPM. Uma tarde debaixo dos cobertores? É depressão, chame um médico.

Com a caixa de lenços descartáveis no colo, peguei o telefone e liguei para uma grande amiga.

– Manu, estou triste.

– Eu também.

– Vem pra cá, vamos juntar nossos bodes.

Manu chegou em uma hora. Me encontrou ouvindo Nina Simone, estirada no sofá.

– Chega pra lá, me dá um canto – ela disse.

Começamos a chorar, sem evitar assuntos, sem fingir, sem fugir. Chegamos à conclusão de que nós duas temos uma vida emocional mais esgarçada que calcinha velha. E que nós odiamos os homens que nos abandonaram – justamente porque talvez ainda os amemos.

Pegamos o I-Ching e começamos a jogar nossa sorte. A espera. A estagnação. Que Jung nos perdoe, mas esse livro que vá para o inferno.

– Vamos fazer uma simpatia?

– Eu não conheço nenhuma.

– Nem eu, mas a gente inventa.

Pegamos bananas nanicas, marcamos nossos nomes com faca na casca, jogamos mel em cima, enterramos no canteiro da varanda – e morremos de rir.

Manu tirou um DVD da sacola – *Guerreiros da noite* – e me mostrou a capa.

– Oba! Espera um pouco: antes eu vou fazer um patê de atum. Atum e muita cebola – a gente não vai beijar ninguém mesmo...

Vinho, torradas, patê e o filme *The Warriors*: recomendo vivamente.

Quando Manu foi embora, há poucos minutos, eu já não estava triste. Por quê? Porque não me entreguei aos arrastamentos da tristeza? Porque busquei distrações? Porque um pouco de bobagem não faz mal a ninguém?

Sim, tudo isso é verdade. Mas, sobretudo, eu não estava mais triste porque, em primeiro lugar, deixei a tristeza chegar, abri os braços para ela, permiti que ela viesse à tona para que então, mais tarde, ela pudesse vazar para fora de mim. E só o que vem à tona, amiga leitora, consegue ir embora.

♥ Uma carta de desamor

Há algum tempo, condoída pelo fora que uma amiga levara, escrevi um texto de presente para ela: uma carta de desamor.

Na época, fez bem a ela ter a experiência materializada em texto: texto que poderia ser entregue ao dito cujo (e foi), texto que poderia ser impresso e simbolicamente queimado (e foi), texto que poderia fazê-la erguer a cabeça e a autoestima (e fez).

Se ele ajudou uma mulher, pode ajudar duas, três, quatro... Acrescente o que você quiser ao miolo dessa carta e torne-a sua: o final (um dos meus mantras preferidos) é o que realmente importa.

***

Me desculpe por eu ter tomado a iniciativa. Me desculpe por ter almoçado com você tantas vezes. Me desculpe por ter ligado.

Me desculpe pela chuva que tomamos subindo a Augusta. Me desculpe por ter acreditado nos seus torpedos. Me desculpe por ter rido das suas piadas.

Me desculpe pelos machucados que sua ex deixou em você. Me desculpe por eu ter vindo logo atrás dela. Me desculpe por tentar entender seu silêncio.

Me desculpe por ter dito "sim". Me desculpe por ter gemido. Me desculpe por eu ter gozado.

Me desculpe pelo que foi ruim. Me desculpe pelo que foi bom. Me desculpe por eu ter subestimado o que foi ruim e superestimado o que foi bom.

Me desculpe por eu não ter usado máscara. Me desculpe por querer mais. Me desculpe por supor que você também quisesse mais.

Me desculpe por eu ter tirado a roupa. Me desculpe por eu ter mostrado meu corpo. Me desculpe pela cinta-liga que eu comprei só para você.

Me desculpe por, em algum momento, eu ter te amado. Me desculpe por, em algum momento, eu ter te achado bonito. Me desculpe por, em algum momento, eu ter acreditado que você era o homem da minha vida.

Me desculpe pelos seus erros de português. Me desculpe pelos erros de português da sua nova namorada. Me desculpe por a sua nova namorada achar que margaridas são flores menos nobres.

Me desculpe pelos 130 quilômetros de congestionamento que eu atravessei para te ver. Me desculpe pela barata que eu tive de matar na sua cozinha. Me desculpe por eu ter permitido que você deixasse a TV ligada no jogo do Palmeiras enquanto nós transávamos.

Me desculpe por eu ter acreditado que você compreendia meu olhar. Me desculpe por eu ter dito coisas lindas para você. Me desculpe por você não ter entendido um terço do que eu disse.

Mas, sobretudo, me desculpe por pedir essas ridículas, inúteis e dolorosas desculpas. Que, naturalmente, não são para você: são para mim. Afinal, porcos não reconhecem pérolas.

♥ Depois do "mas", vem o essencial

Seu namorado senta no sofá com os ombros encolhidos, as costas curvadas e uma inédita dificuldade para te encarar. De cabeça baixa, ele esfrega as mãos. Você estranha, sente um arrepio, tem a intuição de que uma tempestade de granizo vai te pegar desprevenida. Meia hora depois, boquiaberta, você ouve o seguinte discurso:

— Você é uma mulher maravilhosa, é linda, eu te admiro muito, mas eu acho melhor a gente parar por aqui. Eu vou sempre guardar com o maior carinho os momentos que a gente passou junto, nunca vou te esquecer, mas acabou. Eu queria que tudo fosse diferente, se eu tivesse o poder de mandar no meu coração pode ter certeza de que eu ficaria com você, mas eu não te amo mais. Eu quero continuar a ser seu amigo, claro, mas acho que agora o melhor é a gente ficar um tempo sem se ver.

Ih... Esqueça os elogios que costumam vir antes da palavra "mas": eles são pura figuração. A verdade nua e crua ou o essencial da questão está sempre após o "mas" (porém, todavia, contudo, no entanto, entretanto, outrossim). Tudo o que o seu agora ex-namorado quis dizer foi:

— Acho melhor a gente parar por aqui. Acabou. Eu não te amo mais. Agora o melhor é a gente ficar um tempo sem se ver.

Se, ao levar um fora, você ouvir uma ladainha semelhante, nada de se apegar ao que ele disse antes do "mas", porque o essencial não está lá. Vejo moças lindas, mulheres inteligentes, perderem anos com esperanças românticas inúteis. Ele disse que te admirava? Ele disse que te achava linda? Ele disse que tinha sido feliz com você? Esqueça isso! Para manter os pés fincados na realidade, se lembre do que ele disse depois do "mas": o resto é miolo de pão para ajudar o espinho a descer pela garganta.

Outro exemplo: sua chefe te chama para uma conversa particular. Com um relatório seu nas mãos, ela diz:

– Seu trabalho está muito bem escrito, bem detalhado, os gráficos estão perfeitos, mas faltou conteúdo na sua apresentação. Você é uma excelente profissional, percebe detalhes que os outros deixam escapar, mas esses detalhes têm de ser relevantes. Estou certa de que você é capaz de ter um grande futuro aqui na empresa, todos gostam da sua companhia, sei que você se empenha bastante nas tarefas, mas você precisa separar o que é importante do que não é.

O que ela realmente quis dizer? Faltou conteúdo na sua apresentação. Os detalhes têm de ser relevantes. Você precisa separar o que é importante do que não é.

Deus me livre defender a falta de tato e compaixão, não acho que o mundo seria melhor se as pessoas fossem direto ao assunto (sobretudo se o assunto for doloroso) sem um mínimo de cortesia e suavidade. Por favor, continuem empurrando espinhos goela abaixo com fartas bolas de miolo de pão. Eu apenas suponho que haveria menos enganos se a gente se lembrasse de que o essencial está depois do "mas", não antes dele.

♥ Todas as mulheres têm 32 anos

Todas as mulheres têm 32 anos. As décadas vividas se tornaram uma neblina que deságua sempre no número 32. As mulheres de 32 estão tão novas e cheias de viço que, não raro, se confundem com as de 20. As de 40 estão tão bem cuidadas que, via de regra, parecem ter 32. As de 50 são agradavelmente perseguidas pela frase: "Não te daria mais que 32!" E as de 60 se gabam: "Sabe como eu me sinto? Com 32!"

Nunca, em toda breve ou longa (depende do ponto de vista) história da humanidade, houve um tempo em que as mulheres estiveram tão próximas. Os perfumes, maquiagens, palavras, desejos, objetivos, joias, sonhos, decotes, projetos são os mesmos. A infantilidade, as fraquezas, a ignorância também.

As de 14 estão nas vitrines namorando saltos altíssimos como as de 32. As de 17 estão questionando sua escolha profissional como as de 32. As de 20 têm a garra e a fome de realização das de 32. As de 25 têm o mesmíssimo frescor da pele das mulheres de 32. As de 29 estão conhecendo melhor o seu corpo como as de 32. As de 36 estão se separando como as de 32. As de 40 não se despediram dos seus 32. As de 43 são férteis como as de 32. As de 45 se olham no espelho e se veem com 32. As de 47 sonham em se perder numa ilha com o Sawyer como as de 32. As de 50 estranham o meio século porque sua conta interna não vai além do 32. As de 55 vão regularmente ao ginecologista como as de 32. As de 61 estão escandalizadas por se sentirem rigorosamente com 32. As de 64 cantam Beatles como as de 32. As de 71 se desmancham em mimos para os seus animais de estimação como as de 32. As de 87 desistiram de tentar provar aos outros seus eternos 32. As de cem escrevem suas memórias em 32 capítulos. E todas comemoraremos nosso aniversário assim: para sempre 32.

♥ Primeiro encontro

"Todos os primeiros encontros são decepcionantes, todos!" Foi isso que ouvi uma amiga cuspir na minha orelha com toda fúria enquanto víamos uma exposição na Casa das Rosas.

— Se você está numa *vibe* romântica — continuou ela, irritada —, o cara fica cortando sua onda. Se você quer transar com ele, ele fica apavorado para que você não se apaixone. Se você fica nervosa porque vai encontrá-lo, ele diz que isso é fruto de uma alta expectativa. Se você diz que não faz questão de jantar com vinho e velas, ele diz que você não está dando a atenção que ele merece. Não dá pra vencer esse jogo!

Enquanto ouvia os detalhes da sua mais recente aposta afetiva, fiquei pensando... Talvez o grande problema dos primeiros encontros esteja antes de sair de casa, nas conversas que foram travadas entre vocês, esteja na linha com que a mulher costurou esse encontro dentro do seu bestunto.

Mulheres (e homens) saem para um primeiro encontro pensando no que o outro pode lhes dar, nas suas necessidades femininas, nos seus desejos, nas suas carências e frustrações. É como se houvesse uma fumaça ora rosa-choque, ora negra a lhes envolver, uma fumaça que as induz a exigir que o gajo em questão supra suas carências (de preferência todas) e sane suas frustrações (de preferência todas). E de preferência na primeira noite.

Sei que, colocado desse modo, parece um desastre anunciado. E é! Não há possibilidade de que algum prazer, qualquer prazer, eclodа daí.

Minha amiga me pergunta o que, na minha sacrossanta opinião, seria um bom primeiro encontro. Por conta da sua ironia mal disfarçada, a convido para um café (vamos adoçar um pouco a moça) e só então digo o que penso.

Um bom primeiro encontro deveria ser uma coroação do amor, mas eu não me refiro a esse amor romântico cheio de taxas sob a forma de elogios, promessas e lugares-comuns.

Uma mulher que sai para um primeiro encontro poderia não se preocupar com o que aquele homem pode dar a ela, mas ao contrário, com o que ela pode dar àquele homem. E, obviamente eu não me refiro a sexo, embora ele possa ocorrer.

Por que não ter como objetivo transformar algumas horas do dia desse homem numa experiência prazerosa? Por que não pensar que talvez haja um náufrago do outro lado da mesa e que esse náufrago queira apenas que alguém entenda isso? Talvez haja um homem sedento de inteligência, de gratuidade, de bobagens, de compreensão, de silêncio. Talvez haja um homem tão cansado de cumprir papéis quanto você, e você vai sair para cobrar dele justamente mais um espetáculo nesse mesmo cansativo papel?

Em vez de querer amor, por que não sair para dar amor? Amizade é amor. Atenção é amor. Ficar em silêncio é amor. Dar as mãos sem a necessidade de nada mais é amor. Emprestar um livro ou um CD especial é amor. Se preocupar com o outro mais do que com você é amor.

Você não tem nenhum controle sobre o que vai receber de alguém, mas tem controle absoluto sobre o que dá, então que tal fazer uso generoso disso? Experimente pensar com carinho apenas no bem-estar do outro. Quem sabe esse outro não sai de casa com o mesmo intuito? Desse modo, talvez, apenas talvez, possa acontecer um bom primeiro encontro.

♥ Mulheres são como a água

Trabalhar com a mente requer alguns cuidados: é preciso parar de vez em quando para movimentar o corpo (isso é fácil, afinal, há sempre louça a ser lavada, chão a ser varrido, roupa a ser passada), depois é preciso desviar a cabeça por pelo menos alguns minutos para um tema diferente do que se está trabalhando, caso contrário corre-se o perigo de entrar num estado em que nada mais faz sentido. Dando um exemplo bem superficial, imagine-se falando pantufa, pantufa, pantufa, pantufa, pantufa seguidamente. A partir de um determinado ponto, você não sabe mais que palavra é pantufa, que significado tem pantufa, que raio de coisa é essa pantufa e em breve pantufa poderá ser também pantifa ou Xantipa (e que a esposa de Sócrates nos perdoe). Em suma: trabalhar com a mente exige paradas estratégicas.

Assim entrei eu numa pausa do trabalho. Em vez de ligar a TV, sentei na banqueta amarela da sala e olhei para a rua. Era sábado, uma da manhã, os bares e restaurantes começavam a esvaziar. Então algo insólito chamou minha atenção: bem no meio do cruzamento, um caminhão da Sabesp tentava consertar um bueiro borbulhante.

Me senti atraída por aquela água que brotava no meio da rua. Apoiei os cotovelos nos joelhos e fixei a atenção nos instrumentos de ferro que escarafunchavam o bueiro. E quanto mais eles escarafunchavam em busca do foco generoso, mais envolvidos pelo líquido ficavam.

A água me hipnotizou com seu fluir à toa, seu fluir inútil, elegante, farto, para ninguém. Passei um longo tempo observando seu movimento ora furioso, ora alegre: um mutante tentando encontrar alguma forma de existir. Havia algo de cálido, de tocante, de feminino naquela água a escorrer sem razão. Por quê?

Porque nós, mulheres, somos como um bueiro rebelde a borbulhar água cristalina vida afora. Porque espargimos água pura, água boa, água própria para lavar os olhos, para matar a sede, para banhar bebês, para nos refrescar do calor, para brincar com o esguicho no quintal, para regar as plantas, para cuspir para cima, para molhar os cabelos, para escorrer pelo corpo, para tornar o céu furta-cor.

Então, em algum momento, por algum motivo, chega um caminhão da Sabesp com instrumentos de ferro e nos conserta. Não, você não pode verter. Não, não é inteligente se dar como água de rio. Não, não mostre sua pureza, pois alguém pode te canalizar, esconder sua graça, te enfiar num tubo escuro, te meter numa vala, te misturar com a lama. Não borbulhe à toa, caso contrário será devidamente retida por nossos técnicos.

Assustada, essa água pura que vertia sem medo seca. Ou apenas se acumula em silêncio à espera de dias menos rudes.

♥ Náufrago

Em 1955 o destróier colombiano *Caldas* emborcou no Caribe e oito tripulantes desapareceram no mar. Apenas um sobreviveu. Luís Alexandre Velasco ficou dez dias numa balsa à deriva, sem água e sem comida, até chegar, semimorto, a uma praia deserta ao norte da Colômbia.

Após ter sido, a contragosto, transformado em herói pela então ditadura do país, Velasco ofereceu sua história ao jornal *El Espectador*. Para escrever seu depoimento, um repórter iniciante foi designado: Gabriel García Márquez, hoje um dos maiores escritores do planeta. Por conta dessa matéria, publicada em capítulos, o jornal foi fechado, García Márquez foi trabalhar em Paris e Velasco perdeu o cargo na Marinha e a fama recente. E onde estão o amor e sexo afinal? Estão no último parágrafo: confie em mim.

Peço agora que você pare e entre um instante na pele do náufrago. É quase meio-dia quando o destróier emborca. Velasco se agarra a uma balsa. Três de seus amigos se debatem ao redor. Inutilmente ele tenta salvá-los: em minutos, todos desaparecem.

Sozinho, Velasco acredita que o resgate não demorará. Olhos fixos no horizonte, ele acompanha o pôr do sol, a noite escura e o nascer de um novo dia. Aparecem aviões: três ao todo. O último deles esteve tão perto, enquanto Velasco agitava sua camisa no ar, que ele teve certeza de que havia sido visto. Mas não havia. Às cinco da tarde chegam os primeiros tubarões.

Brilho de luzes na superfície do mar: apenas um novo nascer do sol. Desespero, fome, sede, dificuldade para respirar, dor, sono, a pele fervendo em bolhas. Outro dia, um navio aparece no horizonte. Velasco rema furiosamente contra o vento, mas o navio se afasta sem vê-lo. No quinto dia, torturado pela fome, Velasco captura com as mãos uma gaivota. No entanto, mesmo há tantos dias sem comer, ele percebe que não é capaz de comer qualquer coisa. Um novo dia, ondas altíssimas. A balsa vira. Velasco nada em agonia, consegue alcançá-la e se amarra ao estrado com o próprio cinto. A balsa emborca de novo e ele quase se afoga preso debaixo dela. Sorte os tubarões estarem longe naquele momento. No dia seguinte, Velasco come os cartões de papel molhados que tinha no bolso e sente algum conforto. Depois tenta comer nacos do seu cinto e sapatos, mas eles são duros demais. Um grande peixe pula dentro da balsa tentando escapar dos tubarões. Velasco prova apenas dois bocados da carne crua antes que um tubarão o ataque roubando o peixe e engolindo seu remo. Outro dia, alucinações: o acidente se repete minuto a minuto. A água muda de cor e Velasco supõe estar perto da terra. Porém, mais um dia se passa sem que apareça sombra de costa no horizonte. Semi-inconsciente, ele tem certeza de que vai morrer. Nesse instante, vê contornos de coqueiros, mas julga ser apenas delírio. No dia seguinte, porém, os coqueiros estão mais próximos. Velasco decide nadar os 2 quilômetros que o separam da costa. Num esforço sobre-humano, ele se arrasta, com o corpo em carne viva, e chega até uma praia deserta.

 Eu pedi que você entrasse na pele de Velasco, mas isso foi um blefe. Você já esta na pele dele. À deriva, sem alimento, sem água, castigada pelo sol, iludida por miragens, rondada por tubarões, com possibilidades de alimento que se mostram intragáveis, com aviões que te sobrevoam, mas não te veem e, ainda assim, você continua sua busca por terra firme. Quando pensa que suas forças se esgotaram, alguma coisa tola, como gaivotas ou a mudança da cor da água, te traz esperança para continuar. A questão é: quanto mais você aguenta viver à deriva?

Fim

Este livro foi impresso na Editora JPA Ltda.,
Av. Brasil, 10.600 – Rio de Janeiro – RJ,
para a Editora Rocco Ltda.